BRAVÍA

BRAVÍA

*una selección de
relatos*

ANDREA AMOSSON

Contents

Dedicatoria

Para Kristof Jerry, por tu alma migratoria, por tus manitas fuertes, por tu risa musical.

Para Ignatio Enrique, por tu alma milenaria, por tus saltos de alegría, por tus ojitos verdicafé.

Selección de relatos de

Érase una
vez Laurides

I

La Escribana

Tania tenía un nombre coqueto, una buena chapa para esconder aquel cuerpo voluminoso que se había granjeado a fuerza de comer dos milanesas diarias. No era argentina, pero alguna vez, en algún pasillo de su casa, había oído que su abuela había nacido allende los Andes, que tuvo el cabello acaramelado como la miel fresca y un par de ojos verdes que el abuelo no había podido resistir. Por eso Tania se preparó las milanesas una vez por semana, los días domingo para ser exactos, después de asistir a su reunión de crochet y punto cruz. Cierto, porque tal vez su más grande extravagancia era hacerse pasar por argentina, aunque fuese en el secreto de sus sartenes.

Tampoco le contaba a nadie que amaba a Ricarte, el reportero alguna vez vigoroso que había llegado una década atrás para trabajar en el diario, por desgracia analfabeto, pero de memoria tan prodigiosa que era capaz de reportear la información e irla redactando en su cabeza de camino a la oficina para reunirse con Tania, quién hacía las veces de escribana copiando en la máquina todo lo que Ricarte le dictaba.

La juventud de Ricarte se había ido apagando con decoro, aunque no para Tania, quien al verlo aparecer cada mañana, sin importar que fuese diez años más tarde, ignoraba que arrastraba los pies, como si llevara consigo el peso de todas las noticias que había guardado en su talentosa cabeza. Le parecía que fue ayer cuando lo vio presentarse en la redacción, los brazos atléticos y blancos, la camisa a medio abotonar, un puñado de vellos ensortijados escapándose del pecho. Ricarte, en sus cuarenta, fue un hombre ágil que nada tuvo que envidiar a los jovencitos de la ciudad. Tania lo había visto crecer en altura moral, al verlo soportar en silencio los insultos que sus tres compañeros le prodigaban, porque juraban que venía a quitarles el puesto, así tan recomendado había llegado de la capital, hasta el respeto que se había ganado por cosechar más de doscientas noticias de primera plana. Ricarte había golpeado periodísticamente a la competencia, con sus informaciones de último minuto, veraces y precisas, ante la devoción de Tania, que ni cuenta se dio de cuando Ricarte empezó a echar barriga, los pelos del pecho se enlaciaron y blanquecieron hasta desaparecer por completo, trasladándose esta mata breve pero rebelde al nacimiento de las orejas.

Tania, por el contrario, parecía conservada en formalina, como si hubiera nacida vieja y redondeada. Era la hija única de doña Dominga, la famosa dueña de una verdulería que podía ofrecer limones de pica en toda temporada y que había heredado de su madre argentina un ojo verde, uno solo, mientras que el otro era café oscuro. Por años doña Dominga intentó ocultarse los iris diferentes detrás de sus lechugas escarolas y por años Tania deseó tener algo tan espectacular como un par de ojos llamativos. Sin embargo, como ya hemos dicho, el único llamativo que Tania poseía era su nombre, que oyó que el padre lo había oído, a su vez, en el gran circo Romanini que paró en la ciudad antes de que ella naciera, una parada de urgencia porque el barco, cuyo destino original era Valparaíso, se había descompuesto y tuvieron que atracar en las costas lauridenses. Las calles de la ciudad se tornaron un eterno carnaval, según contaban los viejos reporteros del diario, con tragasables, zanquistas y malabaristas recorriendo la avenida principal por puro y llano aburrimiento, intentando matar el tiempo. Luego de varios ruegos del alcalde, el cirquero mayor aceptó desembarcar la carpa y dar una función. Dicen que se descolgó la más gloriosa comitiva de seres que la ciudad dormida hubiera presenciado: una jirafa, un león famélico, un par de guacamayas de colores tan vivos, tan rojos, calipsos y turquesas que dolía mirarles, algunos más artistas del Perú, Ecuador, Colombia, y la gran atracción: los glamorosos Hermanos Ilinov.

Desde la primera función, a carpa llena, el padre de Tania se prendó de Tanya Ilinova, la hermana menor de los trapecistas, la que se encaramaba por las espaldas de Mirko para subirse al columpio en pleno vuelo; la que era lanzada entre los brazos de Branko y Jelko como si fuera un testimonio; la que aparecía en el desfile de cierre vistiendo una cortísima falda y un peto de un color bastante parecido al rosa, pero tan agudo y encendido que nadie podía nombrarlo porque nunca antes se había visto un tono así en Laurides. Las jornadas transcurrieron con un hombre infatuado haciéndole guardia a la bella Tanya Ilinova en el puerto, un hombre embobado que no pudo conquistar a la muchacha, pero que sí la convenció de llevársela a casa, ofrecerle la atención personalizada de su mujer, una cama anclada al suelo, con ventana y puerta y no el camarote que debía compartir con sus hermanos en el vientre grasiento del buque. Tanya Ilinova aceptó la oferta y fueron Mirko, Branko y Jelko quienes la escoltaron, no sin antes inspeccionar la casa, el dormitorio y asegurarse de que sí existía la esposa que cuidaría el precario honor de la artista circense. Doña Dominga aceptó el idilio como se solía aceptar la voluntad del marido en aquella época, sin chistar. No obstante, el importuno romance vino a opacar la gran novedad de que ella estaba embarazada, por fin, luego de más de doce años de matrimonio y sería por eso que Tania nació envejecida.

El gran cirquero continuó ofreciendo funciones nocturnas, más tuvo que suspender cuando apenas aparecieron cuatro pelagatos en la carpa, siendo el padre de Tania uno de ellos. El caso se agravaba cuando éste se retiraba raudo en cuanto culminaba el acto de los Ilinov.

Y así también, muy pronto, Tanya Ilinova se apresuró del roquerío que tenía que atravesar para ir al baño, en el fondo de la casa, del olor a caca que procedía de las guaneras vecinas que aromatizaban la mañana lauridense como una nube de pájaros putrefactos, de las funciones nocturnas con un público que no pagaba y tampoco aplaudía, excepto por uno y ya sabemos quién era, como si a Tanya Ilinova el aire del mar le empezara a cerrar la garganta poco a poco, dejando como única solución respirar los vapores enmaderados del bosque bielorruso. Una mañana de día lunes, entonces, exhausta por la hediondez del guano, se levantó decidida, empacó todas las pilchas, cogió su baúl con ruedas, cruzó las cinco calles que separaban la casa del puerto, ante las miradas curiosas, celosas y divertidas de los lauridenses y arrastró su carga de vuelta al buque. Un par de semanas después, los Ilinov se marcharon en otro gran barco con destino a Guayaquil, dejando al padre de Tania con el corazón partido, pero más que eso, con los sueños incumplidos de acariciar ese cuerpo elástico y fibroso, esos senos puntiagudos, esas piernas larguísimas, tan largas como el deseo mismo.

Doña Dominga entonces abrió el dormitorio que la bella usurpadora había ocupado por tres semanas, quemó las sábanas, las cortinas, la frazada, desinfectó con lejía el piso y las paredes con tal ahínco que le sangraron los dedos y se dispuso a preparar un cuartito para el futuro retoño, que nacería en dos meses más y que hasta ese momento no tenía espacio en la casa que era todo pasillos, nada de habitaciones. El marido había destinado aquel espacio, hasta el incidente del circo, a un taller de carpintería, pero luego de la movida errónea de otorgárselo a la amante platónica, no tuvo más remedio que dejarlo a libre disposición de su mujer. El hecho de la limpiada conllevó pelea, pues el marido ya no podía entrar a oler la fragancia de jazmines sudados que Tanya Ilinova había dejado en el cuarto y por eso, ante la inminencia de perderlo todo, le demandó a doña Dominga que la niña que Iba a dar a luz se llamase Tania. Doña Dominga no chistó, como era lo propio, pero rogó a corazón colmado dar a luz un varón, con tal de llamarle Tanio y estigmatizarlo para siempre. Pasó largas noches imaginando las humillaciones que

Tanio sufriría por la historia de su nombre ya no ser por las venganzas que doña Dominga imaginó, en un acto grotesco contra su propia sangre, no hubiera soportado la humillación que el marido la había hecho pasar. Si la mujer no se rebeló en público, tenga por seguro que en sus tripas se debatía un vendaval. Ojalá y Tanio viniera al mundo con los ojos cambiados también, pensaba antes de dormir, como si la palabra se volviese acción. Así pasaron los meses, el circo levantó la carpa y el buque zarpó. Entonces nació Tania, que era casi invisible y tenía los ojos cafés.

II

Y con esa mirada de desierto, Tania amó en silencio a Ricarte. Por una década, lo vio ir y venir entre la sala de redacción y su oficina, donde ella con dedicación recortaba las fotografías publicadas en el diario de ese día, para aunarlas con la original, poner ambos documentos en un sobre blanco, escribir con lapicero azul el titular de la noticia, el sujeto retratado y la fecha, para después darle una ubicación en los ficheros que la rodeaban. Una gran sala de archivos de techo a piso y de pared a pared. Así había sido su existir, de milanesas diarias, dictados y archivadores.

Una gran existencia, reflexionaba Tania, considerando que doña Dominga, desilusionada por haber dado a luz una niña, no le había prestado mucha atención y, en resumidas cuentas, había sido el padre a quien le había enseñado a leer, a escribir, a resumir. y reiniciar, para finalmente acompañarla al diario a pedir el trabajo que doña Panchita había dejado disponible de manera abrupta, tras un fulminante ataque al corazón.

Y cuando Tania cumplió la treintena, es decir, cuando su soltería quedó sellada, se fue al banco y retiró todos sus dineros para arrendar un departamentito, con el fin de poder salir de la vigilancia constante de la madre. "Todo va bien", pensaba ella, puesto que nos acostumbramos a nuestras rutinas y falencias, hasta la mañana del domingo recién pasado, cuando se peinaba su lisa cabellera frente al espejo y se descubrió una peca verde en el iris derecho. La visión la espantó: ella estaba ya acostumbrada a su invisibilidad, por qué de pronto la asaltaba un algo tan distintivo. Qué terror sintió esa mañana de domingo al verso aquella peca. ¿Cómo cambiaría su vida esa manchita oceánica que rumoreaba debajo de la pupila? ¿Seguiría creciendo? Lo mejor sería no pensar en esto, decidió. Sin embargo, el día lunes la peca había crecido. Al martes tenía la forma de una lágrima que le ocupaba la parte inferior del iris y al miércoles, todo el ojo estaba consumido por ese mar verdoso que le azotaba la costa de las pestañas. Sintió pánico, no podía salir de casa luciendo la aberración que ahora sí que era evidente. Revisó sus cajones en busca de unos anteojos oscuros, pero no poseía ese tipo de lujos, apenas unas copias antiguas de la revista Ecran que se robaba del diario. Tuvo la buena idea de tejerse a crochet un parche de pirata, con una muestra de lana que había llegado a la tienda hacía unas semanas, de un color parecido al rosa, pero mucho más intenso, un color que nunca nadie había visto y nadie supo nombrar.

Con el ojo parchado salió de su departamento con destino al hospital, a la prolongada espera para recibir atención médica. Mientras aguardaba, no podía creer que hubiera tenido el coraje de aparecerse por el diario los dos días anteriores, jornadas en que se mantuvo en su oficina, con nerviosismo, rodeado de diarios y de goma de pegar. Las fotografías de las ediciones anteriores se acumularon en su escritorio, ella sin levantar la vista y cuando los tres reporteros viejos vinieron a pedir el retrato del alcalde, del cantante, del futbolista, ella les indicó el fichero con el dedo, pretendiendo estar muy ocupada catalogando imágenes, en vez de levantárse de su silla, como solía hacer, presurosa y diligente, liviana como quien no come milanesas, para atender a sus peticiones. Lo más difícil de aquellos días fue la entrada de Ricarte en la oficina, con sus informaciones rebosantes en la cabeza, quien apenas ingresaba se ponía a redactar en voz alta, ni siquiera un "buenos días, ¿empecemos?". Ricarte se había acostumbrado a dictarle como si fuera ella una máquina y no una mujer de nombre bonito y cuerpo voluminoso capaz de amarle como ella le amaba en noches de luna nueva, cadereando con su recuerdo sobre la almohada, sudorosa y jadeante.

Así vino y se fue Ricarte el día lunes y así también vino y se fue el día martes, mientras que Tania era consumida por el pavor que le provocaba la peca en el ojo.

En eso pensaba también, en la eterna cola del hospital, en qué sería aquello que de pronto la asaltaba y la distinguía, la hacía diferente. Y recordaba los tres mil doscientos días que Ricarte la había ignorado justamente porque ella era muy normal. Revivía esa primera mañana en que Ricarte apareció por el diario pidiendo trabajo y lo mandaron a su oficina, donde estaba la única máquina tipográfica que sobraba y donde él le confesó que no sabía leer ni escribir, pero que con su ayuda podría salir del paso y llegar a la cima, tal y como había hecho en el gran diario de la capital, porque él, explicó, tenía memoria daguerrotípica. Ése fue el inicio de aquella relación que nunca pasó de ser profesional y que al poco tiempo dejó de ser relación del todo: ella no era más que una funcional Remington 520.

Y cómo, con esa memoria tan fenomenal, él no había notado que a Tania le crecía una mancha en el ojo derecho. Cómo, por una década, nunca le había dado las gracias. Cómo, por una década, había entrado y salido de su sala de archivos como si ella no existiera, porque, ¡horror!, él metía sus manos hermosas y hábiles en los cajones por sí mismo, prescindiendo de su ayuda y cuantas veces había fantaseado con esas mismas suaves manos recorriéndola como si fuera ella toda una fotografía, pero lo único que había recibido era un dictado monótono, saliendo de una boca carnosa, jugosa, deseada y de una vista perdida en el techo de la oficina.

El horror por la mancha de pronto le hería las entrañas, de pronto se le volvió a fuego, de pronto le ardía en la entrepierna, el horror por la mancha la consumió con voracidad, volviéndola todo verde, todo océano, toda rabia. Fue así, mientras Tania esperaba ya por dos horas a que la atendieran en el hospital, que decidió deshacerse de Ricarte. Aunque el método no estaba claro, la resolución estaba tomada.

III

El doctor Ponce la recibió con su sonrisa habitual y el listado de novedades que Tania ya había oído antes, porque más de alguna vez el doctor Ponce había sido entrevistado por Ricarte para conocer el estado del hospital regional. El buen doctor, de esos que ya no se ven en demasía, atendía a todos por igual, sin importar si pudiera pagarle o no. Por tan noble proceder, era de los lauridenses más estimados, mientras que sus modalidades de cobranza no se discutían en público, porque eran de sumo privado. Aun así se rumoreaba que dormía con Luchita, la prostituta del puerto, quien en consecuencia saldaba sus deudas de salud.

—¿Qué te trae por aquí, Tania?, ¿qué te pasó en el ojo? —le dijo con alegría. La última paciente había sido, por coincidencia, Luchita y el doctor Ponce conservaba del encuentro un peculiar bigote de sudor sobre el labio.

—Doctor...vea usted... —dijo Tania, acercándose al matasanos y retirándose el parche del ojo.

—¡Ya te ocurrió! —contestó el doctor, como si ya supiera de qué se trataba el entuerto.

—¿Qué es esto?

—Es una falla, Tania, te han bajado los taninos, tendrás que beber más vino.

—Pero yo no bebo, doctor...

—¿Ya te casaste?

—Claro que no, ya no queda nadie libre...

—Pues a beber, entonces, es la única solución.

Tania salió de la oficina del doctor pensando que aquella no podía ser la única solución. ¿Beber vino?, ¿casarse? Se reacomodó el parche de pirata y se echó a andar por la gran cuesta que conectaba el hospital con el centro de la ciudad, calle que le pareció tan larga, tan calurosa, tan solitaria. Era la hora de la siesta, así que aprovechó el silencio para tomar algunas decisiones. En primer lugar, necesitaría hablar con la madre, romper esa barrera que doña Dominga había comenzado a construir desde el preciso momento en que el nombre de Tania le fuera impuesto por su marido, barrera que Tania había ido reforzando con las escasas palabras que intercambiaban cuando visitaba a sus padres. También pensó que debía terminar con ese amor vacío y estúpido que sentía por Ricarte, un amor que jamás sería correspondido y que si era por el placer, muy bien le bastaban sus propias manos. Reflexionó que Ricarte jamás podría encontrar y menos acariciar como se debía, la alverjita que se ponía caliente y palpitaba bajo sus yemas, la alverjita que la hacía olvidarse hasta del nombre de Ricarte en el momento de máximo goce. Cierto, porque los hombres eran atolondrados en las artes amatorias, reflexionó, que por eso su madre nunca echó ni un suspiro cuando su padre se le montaba encima, en los encuentros nocturnos que la despertaban por el chirrido del catre y que ella presenciaba a través de las rendijas mal selladas de su habitación. El padre terminaba con un bufido y la madre con una lágrima. Y ahora que ella vivía sola en su departamentito, había podido darle rienda suelta a la exploración, la noche era una fiesta de grititos, quejidos y resoplidos... ¿Para qué le servía Ricarte?

Se fue primero a su casa para conversar con la madre, para romper el silencio, para preguntarle de una vez cómo le había hecho para vivir con esos ojos bicolores. La verdulería estaba abierta, no cerraban nunca. Entro al despacho.

—¡¿Aló!?

—Ya voy... —se oyó la voz de doña Dominga provenir desde uno de los pasillos de esa casa que tenía tan pocas habitaciones.

—¡¿Tania!?, ¿qué te pasó en el ojo? —preguntó la madre, con verdadera preocupación, al ver a la hija aparecer como un pirata.

Tania guardó silencio, se llevó las manos al parche y se lo quitó.

—¿Cuándo empezó?

—Hace tres días.

—¿Y el otro? —consultó, acercándose al rostro de su hija.

—Sigue igual, café.

—Pues entonces ya no va a cambiar... —contestó la madre con propiedad.

—Fui al doctor... dice que beba vino, que me faltan taninos...

—Taninos... pero no, no es cierto. No bebas nada... Cuando empieza, ya no se puede revertir. A mí me pasó igual.

—¿Pero cómo? ¿No habías nacido así?

—No, me ocurrió a los treinta y tres, poco antes de quedarme embarazada de ti... Antes tenía los ojos café.

—¿Y la historia de la abuela argentina?

—Es mentira, la inventé... Por vergüenza.

—¿Vergüenza de qué?

—No sé, de ser diferente, supongo.

Tania se acomodó el parche otra vez y se encaminó a la puerta.

—¿Qué vas a hacer? —le preguntó la madre.

—Tampoco lo sé —respondió Tania y después de una larga pausa, se quitó el parche, lo guardó en el bolsillo; y, alejándose del mesón, salió para no volver.

IV

Las calles ya empezaban a poblarse, los lauridenses despertaban de sus siestas obligadas y Tania se fue encontrando con personas que intentaban no mirarla de frente, que de soslayo comentaban lo del ojo. A la salida de una escuela los niños armaron una ronda alrededor suyo y le cantaron "qué llueva, qué llueva, la vieja está en la cueva"... Aunque ella no era vieja y no podía hacer llover. Llegó a su departamento solo para encontrarse en el descanso a Pego, el fotógrafo del diario, quien había sido enviado por el director a preguntar qué le había pasado, que dónde estaba, que quién iba a ayudar a Ricarte a escribir la gran noticia del día. Ella le mandó un recado al director, diciéndole que había ido al hospital, que le habían dado la tarde libre, que alguien más debía ayudar a Ricarte.

Pego se fue rezongando que el director era muy malhumorado y que de seguro le iba a gritar, cosa cierta. Solo hemos conocido un director de diario bondadoso, pero pronto perdió su trabajo porque lo tacharon de marica en época de militares.

Tania se fue a la cocina y pensó en aprovechar el tiempo preparando milanesas. Qué importaba que no tuviera abuela ni sangre argentina, amaba el sabor del queso, el jamón y la carne mezclados.

Cuando partía el quinto huevo, escuchó que alguien golpeaba su puerta. "¡Qué querrá Pego otra vez!", refunfuñó. Al abrir, vio que era Ricarte, que venía con la máquina de escribir bajo el brazo. Estaba sonriente, animado y con actitud juvenil.

—¿Qué pasó, Tanita? ¿Por qué no fuiste?   Sabes que no puedo vivir sin ti...

Tania le miraba con incredulidad, el bol de huevos entre las manos, el ojo verde a la vista y la paciencia de Ricarte.

—¿Qué quieres? —le respondió tajante, franqueándole el paso.

—Qué voy a querer, tontita, que me ayudes, claro está... Tengo una primicia, tiene que ver con el doctor Ponce, el hospital... Descubrí un escándalo, el hombre recibe todo tipo de pagos, hasta se acuesta con Luchita, ¿la conoces?, la prostituta vieja, hasta los dientes postizos se le caen a la pobre vieja. ¿Me ayudas?

La escribana lo miró fijamente.

—¿Qué me miras con tanta insistencia? —le dijo éste, ajeno a los ojos diferentes.

—Nada, entra, vamos a trabajar.

Ingresaron a la salita. Ricarte se sentó en la mesa, instaló la máquina de escribir con parsimonia, le puso papel, movió la silla y con ademanes teatrales, la limpió con su pañuelo.

—Todo está dispuesto, mi reina —dijo, indicándole la silla.

Tania fue a dejar la mezcla de huevos a la cocina ya lavarse las manos. De regreso notó que el escenario que Ricarte había producido en su casa era una réplica exacta de su oficina, nada más faltaban los archivadores de techo a piso y de pared a pared.

Se sentó, entonces, la Tania de nombre bello y cuerpo voluminoso y empezó a escribir lo que Ricarte le dictaba. Así fue que el reportero desgranó la noticia, lanzó acusaciones, habló de la moral y de las buenas costumbres y de cómo ciertas, ciertas cosas, jamás se podían transgredir.

Tania comprendió que la notición sería el fin del buen doctor, de las atenciones gratuitas, de una vida dedicada a un pueblo olor a mierda de pájaros ya sus gentes, tan duras, tan aguerridas, tan pobres.

—Listo —le dijo Tania, con tristeza.

—¡Grande, reinita! Con ésta sí que me dan un aumento —comentó Ricarte metiéndose la mano en el bolsillo del pantalón.

—¡Pero apúrate!, que ya entró el turno de noche, a ver si te dejan incluir la noticia a última hora.

—¡Cierto!, la hora que es... Pero es el turno de Romero, sabes que se cae a la botella, de seguro está hecho un escabeche frente a la prensa.

—¿Romero? —preguntó Tania, mordiéndose un poco el labio.

—Sí , Romero...

—Te va a resultar, sí que te va a resultar, ¡apúrate!, ¡apúrate!

Tania lo despidió en la puerta de su departamentito. Lo vio alejarse, le miró la espalda y por primera vez la notó caída. Donde antes había hombros rectos, ahora había una débil redondez. Los glúteos, férreos y portentosos hace una década, no eran más que dos alfajores aplanados que no llenaban la tela del pantalón. Las piernas se le habían arqueado y enflaquecido, se le asomaba una pelada de monje en el centro de la nuca, pero lo peor de todo eran esos pelos hirsutos que salían de las orejas.

—Adiós, Ricarte —murmuró, cerrando la puerta.

Se fue al dormitorio. De debajo de la almohada sacó una fotografía del que había sido su amor por años, un rectángulo en blanco y negro que lo retrataba recibiendo el último premio periodístico que se había ganado. Escribió en la parte trasera " Ricarte Obregón", puso la fecha, la hora y el título: amor contrariado. De vuelta en la salita buscó en su cartera uno de los sobres blancos y allí metió la fotografía. Dio un par de vueltas por el departamentito, buscando, y ante no encontrar mueble archivador y por no haber mejor opción, metió el sobre en el horno junto a las milanesas.

Se acostó ese incómodo día; pero decidió a prescindir de Ricarte, buscó una de las revistas Ecran, hojeó hasta encontrar los brazos atléticos y blancos, la camisa a medio abotonar, un puñado de vellos ensortijados escapándose del pecho de Marlon Brando, y se dejó amar por brazos que culminaban en sus yemas y que sabían exactamente cómo acariciarla.

A la mañana siguiente, y ya sin parche en el ojo, salió a la calle para ver cómo era el mundo bicolor y comprobó que era hermoso.

En la esquina de los diarios, el quiosquero amigo la saludó con curiosidad tal vez por sus irises, pero luego con naturalidad. Otra cosa parecía preocuparle.

—Tanita, ¿cómo le va?... Tremendo cagazo que se mandó el Ricarte, ¿ah? ¿Ya supo que lo echaron? Y parece que le van a levantar cargos...

—¡No!, ¡pobre Ricarte!, ¿qué pasó? —respondió Tania sin esperar respuesta, porque ya lo sabía.

Cogió uno de los ejemplares, lo dobló y se lo metió debajo de la axila. Y se fue alejando con paso suave y rítmico, con el titular todavía bailándole en la retina verde, el titular glorioso que ella había escrito, la noticia que ella había tergiversado ante la vista ignorante de Ricarte y publicado ante la borrachera del encargado nocturno de prensa, el gran golpe periodístico destacado en la primera plana de la edición principal, exculpando al doctor y apuntando la inquisición hacia sí mismo, acusándose Ricarte de extorsión, de tráfico de influencias y de mentecato, arrastrando al director en la marejada de imputaciones.

El artículo, en primera plana, estaba firmado por su autor: el reportero estrella de la ciudad.

2

El golfo al amanecer

El mar es una línea y allá al fondo acaba el mundo. La voz del otro la remece. "El mar es nuestro aliado", habla como militar, "nuestro aliado". La voz del otro le grita que se apure, que tienen poco tiempo, nunca se sabe... nunca... agrega rabiando. Las babas le cuelgan del hocico, otro perro la lleva, otro hueso. Se montan en el bote. A coger los remos. El mar es una línea. El perro le aprieta el brazo, que "más rápido, más...". Necesitan alcanzar Puerto antes de que el sol esté colgado allá arriba, "ya no hay línea entre el mar y el cielo", susurra Joaquina. El azul oscuro por fin comienza a separarse y el océano espera lo que hay arriba. El sol saliendo al este sobre el Golfo, las nubes algodonadas teñidas de amarillo, el reflejo de las estrellas, millares de ojos que se van cerrando sobre el agua. "¡Más rápido que no es paseo!", el otro ladra. Y Joaquina apura el remo y se alegra de tener fuerzas. Esta vez no desertará, ni llorará, ni gemirá. "La tercera es la bendita", susurra. Silencio. Solo se escucha el suave rumor de la madera acariciando el agua. El otro conoce el lugar, el militar emperrado sabe cómo moverse, la memoria de su olfato experto en estos cruces antes libres, antes del resguardo, los muros, las púas.

En la arena escribí tu nombre...

Joaquina pierde el hilo, no recuerda cuántos días lleva andando. Partieron veinte, quedan ocho. El perro la apura, el mar no es línea, el mar no es línea. Le hablará a sus nietos del cruce, qué tonta, ni siquiera se ha casado, a los nietos les dirá que la mar de noche es una línea y en el fondo oscuro y rumiante se acaba todo. Les dirán que Colón se equivocó y la tierra sí es plana, porque cada vez que tratas de coger la curva, empinarte hacia el norte, te mueres, te caes al abismo repleto de tarascas.

Cuando la orilla se distingue, el perro les grita que corran. Ella se lanza al mar, azuzada por el otro, "¡rápido!, ¡escóndanse!" El peso del pantalón contra las olas, los zapatos que se pegan a la arena mojada, el pecho que se revienta por el esfuerzo y el terror. Joaquina alcanza las matas, medio ciega se interna entre los brazos espinudos de las matas. Siente el ardor en los muslos, la mezclilla se raja como papel de arroz. Espinas y sangre. No para de correr ni de pensar qué le dirá a sus nietos, qué importa si no está casada.

En la arena escribí tu nombre y luego yo lo borré...

Sacude la cabeza para olvidarse de la canción favorita de su padre.

Cruza la pared enramada y al extremo les espera una camioneta, se suben a carreras y tropezones y les llevan a un galpón. El perro ha desaparecido, el galpón lo comandan otros cuzcos. Rápido, lávense un poco, "¿para qué?" susurra Joaquina, acercándose al balde con agua. Se limpia y se revisa las piernas, las espinas sobresalen por las rajaduras del pantalón, trata de removerlas, pero no puede. Ya no hay tiempo. Deben seguir camino. Se montan en la camioneta tirados unos encima de los otros en el piso. Le caen tres encima, alguien le clava la rodilla en la espalda. No puede respirar, pero aguanta, sabe que puede. Ya está muy cerca, llegará a Houston y se extirpará las espinas. Volverá a los estudios ya cuidar viejos. A soñar que alguien sueña que ella se puede quedar. *En la arena escribí tu nombre y luego yo lo borré...* El motor de la camioneta ruge, las ruedas patinan, los cuerpos apilados crujen, duelen, lloran. Después de unos saltos, la camioneta toma velocidad alejándose al amanecer.

...para que nadie pisara tu nombre, María Isabel.

3

Lo que tiene Glorita

Nos conocemos una tarde cualquiera, tan cualquiera como puede ser una tarde en la sala de espera del mejor psiquiatra de adicciones de la ciudad. Las dos estamos rotas, pienso para mí, mientras la observa, una chaqueta negra con ribetes rojos, parece una chaqueta de minero. Ella me mira y me pregunto si hablará mi idioma. El idioma, mi pérdida. Mis tres hijos, mis pérdidas. Mis dos maridos, mis pérdidas. Se sienta con las piernas abiertas como un muñeco descosido, pero a la vez como quién pidiera permiso para existir. No parece vieja, tampoco joven. Ni un solo cabello cano en su cabeza, que noto redondo, muy redondo, de una redondez perfecta para ser pateada y rodar por el suelo. Me debato entre hablarle o no, se ve que espera también, somos las dos un par de mujeres que alguna respuesta andan buscando por la vida, en la fila del supermercado o en la antesala del psiquiatra.

—¿*Granma*? —una muchachita joven la interrumpe, viene sonriente desde la oficina del doctor.

—¿Estás lista? —responde la mujer, en español, y eso me anima, tal vez podamos conversar.

—Tengo que ir a *pis* —dice la joven, dándose la media vuelta en dirección al baño. Un camino tan conocido porque siempre que me toca esperar, la vejiga me ataca y me levanta para ir al *pis* tres o cuatro veces.

—¿Es su hija? —me animo a preguntarle por fin, arrepintiéndome al instante, si la ha llamado abuela, qué bruta soy.

—Mi nieta —responde .

—Ah... —me doy cuenta de que no quiere continuar nuestra conversación.

Las dos miramos al suelo como si hubiera allí una gran pantalla de televisión donde poder perderse por un momento, no tener que sostenernos la mirada, ni sonreír por la fuerza, hubiera sido mejor que no le hablara... Miro el reloj, en cualquier momento llegará Glorita, mi ahijada, en cualquier momento, arrastrando esas piernas demasiado largas que heredó de mi compadre y los brazos horribles que sacó de mi comadre. Gloria, Glorita, lo más parecido que tengo a una familia, a un hijo, aunque jamás será como los míos, los míos son rubicundos, tan parecidos al padre, tan alemanes que no pudieron dejar la patria, amaban el Brasil que los vio nacer. por sobre todas las cosas. Y yo amaba mi libertad, más que cualquier otra.

Regresa la joven, viene subiéndose el cierre. La mujer la mira como reprendiéndole, la chica no hace caso y se arroja al sofá. Tiene la misma actitud que percibo en Glorita cuando le pido que no llegue tarde o que me avise si tiene que hacer compras o encargos.

—¿Viene todas las semanas? —vuelvo a abrir la boca.

—Sí, ¿y usted? —me sorprende con un tono más amable.

—También.

—Nunca la había visto —me dice.

—Nos cambiaron la sesión del jueves para el viernes...

—Entonces nos vemos la próxima semana —concluye, con semi sonrisa, agarrando su maletín, no usa cartera sino maletín y tirando a la nieta del antebrazo. La nieta es un fideo lacio que no quiere levantarse del sofá.

—Nos vemos —le alcanzo a decir, por encima del hombro de Glorita, que ya viene arrastrando los pies, que ya viene con los ojos vidriosos, que ya viene drogada.

—¡Lo hiciste otra vez! —le recrimino.

—¿¡Qué te importa!?

—Yo estoy a carga tuyo hasta que vuelvan tus papás.

—Si no van a volver...

—¡Claro que van a volver! Y te van a elevar a patas...

La bisagra sin aceite de la puerta del Dr. Retz, ese ruido particular como de uña rascando el pizarrón, como de Glorita tratando de cortar la carne a la rápida, raspando el tenedor contra el plato. La bisagra sin aceite de mi vida. La partida atarantada en el avión, los mocos de mis hijos, solo mocos, sin palabras, sin lágrimas. Un alemancito no llora, un hombrecito no llora, las palabras de mi último marido. Las manos y los abrazos del primero, el que sí amé, el que me dejó. El Dr. Retz nos viene a buscar, lo escucho avanzar moviendo su cuerpo obeso como quien empuja una carretilla de cemento. La respiración agitada, los diez pasos entre la sala de espera y su oficina, la milla verde donde cualquier día caerá muerto por el esfuerzo de dar la bienvenida a sus pacientes.

—¿Cómo estás? —pregunta sin esperar respuesta —Pasemos —. Agrega su español con acento.

Sus ojos azules me recuerdan a Hans. Hans Pérez, medio garoto, medio judío, medio alemán. Hans, del que me colgué para irme lejos cuando Pablo me dejó, con tal de que la sensación fuera que yo lo dejaba a él. Pablo, de ojos café y piel morena. De las leseras que me da por pensar cuando Glorita le explica al Dr. Retz sus infinitas razones para drogarse otra vez. Por sobre la lista de quejas, que me incluyen, por supuesto, siento las manos de Pablo rozándome el pezón, cómo sabía que aquella era la única manera de calentarme, no había otra. Hans nunca lo descubrió y no sé cómo llegué a rellenarme con tres críticos. "Es por mis papás, por mis papás", escucho a Glorita excusarse. "Mis papás mis bolas" pienso y entonces las bolas de Pablo, el roce de sus bolas con mis labios. El roce de sus labios con mi pezón. Pablo.

—¿Será por eso? —me sorprende el Dr. Retz, me saca de esas caderas morenas que tan bien sabían moverse sobre mí.

—¿Qué que?...

—¿Será por eso la caída, por la pérdida?

Mis críos eran lindos, los tres rubicundos y de ojos café como los míos. Qué lindos labios gruesos, troncos estilizados, qué lindos niños. Qué estarán haciendo... Qué...

—Vamos a tratar hipnoterapia, ¿de acuerdo? —dice el Dr. Retz.

Todos estamos de acuerdo, pero a fin de cuentas sabemos

cómo va la historia. Glorita trata, se limpia un par de semanas, le entra una comezón, busca y encuentra mi frasco de *Vicodin* para el dolor crónico y recae. Siempre encuentra el frasco, ¡siempre! ¿Y será que mis niños están sentados a esta misma hora, en un sofá similar, endrogados? ¿Y en algún lugar estoy de abuela, con una nieta descortés que se sube los pantalones a mitad de ruta entre el baño y la sala de espera? ¿Y en algún lugar alguien como yo espera, añorando los mordiscos del ex?

—¿Quiere empezar la próxima semana? —el Dr. Retz otra vez.

—Sí, claro —contesto. Con tal que da igual. Glorita volverá a usar.

Me levanto del sillón muy rápido, si apenas tengo cincuenta años. A Glorita le cuesta más trabajo, forcejea con la gravedad, se agarra la cola; y se nos viene el fin de semana, las compras que querrá hacer medio volada, medio concentrada, las tareas domésticas que le obligaré a terminar, la ducha caliente y larga que me daré, con la mano metida entre las piernas, mi dedo gordo haciendo las veces de Pablo en mi entrepierna, con Glorita mirando tele en la otra habitación. Seguro que perderá el trabajo otra vez, qué les diré a mis compadres. Hubiera sido mejor que se llevaran a Glorita, que no la dejaran aquí. De habérsela llevado no estaría como está, eso creo, atrapada en una vida con una madrina que ni siquiera cree en Dios y que lo único que hace es añorar, porque a veces me da una sensación de vacío cuando recuerdo a Pablo...

—¿Cómo está? —la saludo de inmediato, en cuanto la veo sentada en la sala de espera.

Lleva la misma chaqueta negra con ribetes rojos. Se llama

Lorenza, me dice y me cuenta la historia de su vida, porque sí, porque tiene ganas de conversar o qué se yo. Llegó hace treinta y cinco años, cruzó el río en una balsa, recién casada, a los dieciocho años. Remaron asustados, encallaron asustados, nadaron asustados y corrieron al monte a esconderse, asustados. Ya no necesita papeles, ya los tiene. La familia está legal, tuvo hijos y tuvo nietos. Construyó un imperio mexica miniatura, de retroexcavadores, grúas y materiales de construcción. Es la dueña y señora de su industria, le da empleo a cien personas o más, madre de siete hijos, abuela de veintidós. Todos buenos, todos sanos, todos responsables, excepto uno, el más chico. Se mete a la vena lo que encuentra, ¿y por qué? La jovencita del pantalón a medio caerse es hija de él, rebelde, porque ni padre ni madre sientan cabeza. Ella se ha hecho la guardiana. Me cuenta todo casi sin respirar, me parece que teme arrepentirse si se detiene por un segundo a escuchar mi opinión. Trato de mantener el rostro serio, tengo la tendencia a sonreír por todo, es un gran esfuerzo no reír y no recordar los dientes blancos de Pablo mordiéndome el pezón. Su tono de voz se achica, se va para abajo, la veo mirando al piso, como buscando esa pantalla de televisión imaginaria que la semana anterior nos liberó de la obligación de conversar.

—Lo lamento mucho —le digo, medio nerviosa.

—No lo lamente... No... La gente se desvía por cualquier cosa, nunca es culpa de uno.

No sé qué responder, Lorenza tiene orgullo, algo que yo he cambiado por culpa. Pero de pronto siento que tal vez sí hay salida, que tal vez es posible que Glorita se recupere, que no tiene que ver con el abandono, ni la pérdida, ni nada de eso, sino con otras cosas, porque la gente se desvía por cualquier cosa, por cualquier cosa. Tal vez lo que debo hacer es liberarme del fantasma cachondo de Pablo, que parece que no era la gran cosa y esos niños rubicundos que nunca me quisieron porque en realidad nunca los parí, por más que me cuente otra historia; y los pocos años que vivimos juntos se la llevaron comparándome con la madre muerta.

Me fui y en realidad no había lágrimas ni mocos, los hombrecitos no lloran, ni tampoco tenían ganas de llorar.

La gente se desvía por cualquier cosa.

Escucho la bisagra de la puerta del Dr. Retz, lo escucho avanzar moviendo su cuerpo de barril relleno de manteca, bufando.

—¿Estás lista? —me pregunta parado en el umbral de la puerta. Miro a mi alrededor, no hay Glorita esta mañana y me pregunto si habrá Glorita alguna otra vez o le dejaré descansar junto al recuerdo de mis compadres, los tres matados hace dos años tratando de cruzar la frontera.

—Sí —le contesto e intento levantarme rápido, con tal que apenas tengo cincuenta años y las ganas, las verdaderas ganas, de darle un vuelco a mi vida.

—Hasta luego —me detengo para despedirme de Lorenza.

—Hasta luego… —me dice distraído con su teléfono, luego reacciona—. Espera, ¿cuál es tu nombre?

—Gloria —le contesto, sollozando un poco la espalda por el dolor crónico, intentando aplacar el hambre del *Vicodin*.

4

Safari urbano

El problema son las expectativas de cumplir con todo: la nariz respingada, la barriga plana, el pelo teñido rubio para lucir lo más parecido, ojalá, a todo aquel cuerpo dorado-gringo que la rodea, porque desde niña se ha exigido demasiado. A ver si empiezan a halagarle, un aplauso aquí, un piropo allá, no más *pullover* ni *licencia y registro*. Pero no es por morena, no señor, es porque en cuanto ve la patrulla de policía, Pancha se asusta y tiende a apretar el acelerador. Siempre atenta, la única mujercita de la familia Montes de Oca, que además salió oscura por la bisabuela trastornada, la que se acostaba con los negros de la plantación de bananas... Por eso ha salido morena y no existe *L' oreal Feria* en el mundo que pueda aclararle el cabello. Pancha Montes de Oca, en su automóvil *Land Rover*, empinada para siempre en sus zapatos *Jimmy Choo*, cortesía del Pelado, su marido, hablando por teléfono plan ilimitado y su *MK* colgando del hombro. Escondiendo, a ver si se puede, el pasado menos glamoroso en la hacienda bananera, cerca de Puerto Limón y esquivando las llamadas de la parentela que se ha quedado con la boca abierta, pajarracos hambrientos que aguardan por el gusano, a que ella les envíe todo lo que gana y ella, en respuesta, no les manda nada. Porque no ha de volver a su pueblo todavía, si no es para comprar los títulos de dominio que la parentela hambreada y arrogante aún no ha vendido. Y que ella, en un acto último de reivindicación, transará al mejor postor, porque es buena para los negocios y para lucir inocente, excepto cuando maneja, pero verá la forma de dejarles atrás junto a ese pasado caribeño en que por ser la "negra", la mandaban a limpiar trastes, la cenicienta tica de caderas anchas y nariz respingada, barriga plana.

Ya en Dallas tiene potenciales clientes: sus pacientes del ala geriátrica, la típica gente vieja que se quiere jubilar en las tierras calientes de Costa Rica, el país más feliz del mundo, "sí, así mismo es, vea", les dice, mostrándoles. una foto de la finca donde creció más o menos alegre, aunque solitaria. "¿Y usted por qué se vino?". —Para buscar mejores horizontes —responde Pancha, jugando con el brazalete *Cartier* que pende de su muñeca cual bandera de conquista, la gran muestra de que la decisión fue acertada, de que la riña que se armó en la finca cuando anunció que se iba para América, no le hubiera marcado con dos líneas profundas el ceño.

Porque los Montes de Oca fueron por siglos los señores, amos del Pacífico, de Talamanca y de todo aquel que se cruzara en el camino, la saga de próceres resistiendo por años el declive de la industria bananera, vendiendo sus terrenos a los nuevos ricos, a hoteles cinco estrellas, invirtiendo en parques de diversiones, incluso devolviendo bosques protegidos al Gobierno que tanto deseaba construir un santuario para la naturaleza, por un precio, claro está. Y cuando casi se acababa todo aquello, cuando casi no hubo ubre plena de dónde chupar, los Montes de Oca se replegaron en la última finca, la de Puerto Limón. Ahí fueron hombres grandes, desplegaron alas y espaldas y la negra Pancha recibió lo que es bueno, entre bofetadas y uno que otro abusillo olor a ron y a noche sin luna; y de qué te quejas, si la bisabuela loca se acostaba con los negros de la plantación. Y será por eso, a veces se pregunta Pancha, que le gustan los viejos más que los jovencitos, porque el peor y el más insistente era el esposo de la hermana de su madre... Y que por eso entonces rechazó la propuesta de Carlos, el joven enfermero del *Texas Presbyterian Hospital* donde lleva cuatro años trabajando, para amarrarse al Pelado, un viejo gordo hábil con las manos y cuya chequera generosa Pancha ha puesto a dieta, con safaris al mall *Galleria* en el centro de Dallas, a la cacería de bolsas y zapatos. Compartirá con el Pelado las tierras y las ganancias, a cambio de la ciudadanía. Eso será pronto, apenas reúna un poco más de dinero y coraje, entonces Pancha jugará el papel de víctima que tanto aborrece, el "me violaron" correrá por el comedor, ante la mirada no tan sorprendida de sus hermanos mayores, quienes, para acallar. el reclamo —y porque los Montes de Oca no hacemos esas cochinadas— le darán lo que quiera, y lo que ella quiere, ya está dicho, son las tierras.

Solo es cuestión de cumplir con las expectativas, mantenerse jovial y forrada en dólares, desde niña se ha exigido demasiado. No apretar el acelerador cuando ve un policía, no recomendar el baile del *pull over* y *licencia y registro* para no perder la tarjeta verde, porque a fin de cuentas es una Montes de Oca, más oscura, pero a la vez más fuerte y decidida. Y muy pronto irá a reclamar lo suyo. Mientras tanto, muéstreme esos zapatos, no gracias, me los calzo yo misma.

5

Hacedora de aguas

De pronto se ha quedado a cargo de traer el agua. Convocarla, que surja desde el vientre de la tierra, desde las entrañas de su Amorosa Madre. O que caiga, transformada en gotitas desde el cielo, y ella corra a reunirla entre sus dedos y la traslade de la piedra a la bolsa de cuero. Debe traer el agua para su villa, para lo que queda de su villa, para las tres familias que sobreviven como llaretas, creciendo en verdor a contrapunto del altiplano. Tres familias que resisten el robo de las aguas ancestrales que antes bañaron el salar, agua de vida que ahora usan para lavar minerales, degradada por el hombre de la ciudad, agua que llora muy por debajo de la tierra, ahora, tratando de esconderse.

De pronto se ha quedado a cargo de traer el agua y es un cargo para el cual no se siente preparada. Era su padre quien lo hacía, con la pericia de los ancianos que saben comunicarse con lengua líquida, con lo aprendido del abuelo, que a la vez lo aprendió de su padre y este, del tercer abuelo. Y ahora es el turno de ella, de invocar a la Amorosa Madre. Y no sabe cómo hacerlo.

Corren los soles y crece la sed. La verdura se enmustia. La alpaca se inquieta. Las mujeres la observan, la esperan, la azuzan, todo en el silencio del viento cordillerano.

Entiende que no puede esperar. Sale de madrugada a buscar el mejor cactus, el más parejo, más pinchudo, más seco. Sale invocando a la Amorosa Madre, pisando con cuidado, haciéndose sigilosa para que el cactus no se escape. Se monta en el primer risco, nada. Se monta en el segundo risco, nada. Pero en el tercero, desde allí lo ve, enclavado en el pináculo del sexto risco, el mejor cactus, parejo, pinchudo y seco.

Le costará trabajo llegar hasta él.

Se acomoda su morral y se lanza a la conquista. Y con cada paso que da, repasa las manos del padre sobre aquel otro cactus que solía traer agua. Las manos del padre removiéndole cada espina, tal como hizo el abuelo y el padre de éste y el tercer abuelo. Limándole la aspereza hasta dejarlo suave y liso como la piel de sus mejillas. "¿Ves?", le dijo, haciéndola sentir aquello mórbido, una de las pocas veces que no extrañó la aspereza del desierto. Y así mismo ella, todavía insegura, en el pináculo del sexto risco, corta el cactus con cuidado y con trabajo, con un pequeño pero afilado cuchillo; y va desvistiéndolo de toda aguja, de sus naturales defensas. Guarda las espinas para secarlas al sol y luego meterlas adentro, en el cactus que será cilindro, recipiente, canto sonoro, de lluvia, de promesa de lluvia o riachuelo. Espinas y pepitas que más tarde incluirá, las mismas pepitas secretas que el padre en su momento resguardó adentro, ante sus ojos maravillados de niña, cuando fue el turno de él, de traer el agua.

Ya cae el sol y debe volver a la villa. Guarda el cuchillo en el morral, guarda las espinas en el morral. Coge el cactus vacío, el recipiente, lo alza al atardecer para ofrecerlo a Inti, el gran Dios, para que el gran Dios lo preserve con sus dedos dorados.

Desciende del sexto risco. Cuenta los pasos que la separan de la villa. Muchos aún. Debe apurarse si no quiere enfrentar el hielo de la puna. Seguirá los dedos dorados del gran Dios, que siempre es buen guía y la llevará de regreso.

De un momento a otro se quedó a cargo de traer el agua, cuando en disputas con los mineros, el padre fue muerto. Y no sabe cómo hacerlo, pero siente, aprende, que el cactus recién conquistado será Palo de Agua. Y que el cactus como Palo de Agua hablará lenguas líquidas que se entenderán con las vertientes, escondidas en lo alto y en lo profundo. Y así resurgirá desde las entrañas de la Amorosa Madre o caerá en forma de gotitas desde el cielo. Y en el instante en que el prodigio ocurra, se escribirán nuevas páginas en los libros de su estirpe, relatos recién inaugurados que den cuenta de que fue ella la primera niña que logró hablar con las aguas.

6

"   "

Hace tres días que tengo el pelo con forma de audífonos. Esto me ocurre porque no invierno en cortes de cabello: entro al primer lugar que tiene un peluquero disponible. Lo sé porque alguien me toma del brazo y me conduce a un sillón libre en muy poco tiempo. Por eso mi pelo está plano en la corona de la cabeza y se abomba a la altura de las orejas. Porque, en resumen, no le dije al hombre lo que necesitaba.

Todavía tengo malos entendidos porque Dios me ha dado boca, pero no palabra.

Porque oigo, pero no escucho.

Porque tengo ojos grandes, pero soy miope a vender.

Por eso me caigo de manera constante. Me río, pero la carcajada viene acompañada de tristeza. Y me duele el alma.

Trato de no ser melodramática, pero choco por las calles y me gritan enojados "¡mira por dónde vas!".

El bastón ayuda en lo geográfico, pero no en la virtud. "¿Le ayudo, abuelita?", me preguntan. Llevo apenas treinta años a cuestas, pero este aparato de ciegos, largo, con mango de goma y cuerpo de metal, me inserta en otra categoría.

De la nariz no me quejo, pues es lo único que sirve.

No siempre fui así. Hubo un tiempo en que pude ver y oír y hablar. Pero eso sucedió hace muchas estaciones atrás, antes de que mi nariz comandara todo. Ahora, con el olfato recorro la ciudad; tengo un mapa de olores que me lleva de la panadería a la farmacia, a la verdulería. Las pestes son las señales de aquello que busco, de las personas que necesito, de las compras que hacen falta.

A dos cuadras de mi casa hay un alcantarillado y un semáforo que no distingo. Al parecer hay un puente porque en esa esquina el asfalto vibra y el tráfico feroz me revuelve el estómago. No ponga un pie en el pavimento porque el hedor de la alcantarilla me advierte que hay peligro. Espero un poco hasta que alguien se ofrezca para ayudarme a cruzar. La persona ronronea junto a mí. No sabe que no logro descifrar sus sonidos. Sonrío. Me he acostumbrado a sonreír. O a lo que recuerdo era una mueca que cortaba el rostro en dos, un gesto que la gente solía captar como algo bueno. Recurro a esa memoria para responderles a los demás.

En la siguiente vereda percibo una leve acidez, entonces avanza. El ayudante me deja ahí, siento la presión de su mano en mi codo. Ese aroma a pino húmedo se retira, era un hombre joven. Trato de aferrarme a ese claro en el bosque de pestilencias, pero las cuchillas minúsculas del amoníaco entran cortando madera. Ya estoy en la esquina de los orines. Existe un espacio único en Laurides, donde se combinan los desechos de perros, borrachos y niños, un vértice donde todos somos una misma amarillenta porquería.

Ahora que he llegado a mi destino, sé que en cuestión de minutos aparecerá Beatriz. Siempre viene puntual. Ella entiende mi problema. Sabe que ese punto cáustico del barrio no es la mejor sala de espera.

La lavanda fresca meciéndose en la pradera la antecede y cuando me saluda, beso en la mejilla, sé que trae su labial "Rosa de Francia". Beatriz es bella, lo sé, porque ningún feo huele bien.

—¿Qué te pasó? —me pregunta, mientras toca las puntas de mi pelo.

—Nada... —digo, ignorando la alusión a mi mal corte.

Beatriz no insiste.

Eso me gusta de ella, su discreción. Eso y el olor a prado francés. Lo he sentido antes, en la botica a dos tufos de mi casa. La dependienta, una señora que debe ser guapa, se aplica la misma agua de colonia para que yo la reconozca. Se asegura de atraerme como mosquito al mango dulzón, porque le doy lástima o porque soy buena clienta. Varias veces pensó en comprar una botella de perfumes para Beatriz, sería un buen regalo. Cada vez que abra el frasco, se liberará la fragancia en volutas altas, redondas y blanquecinas. Creo que se alegraría.

Beatriz me ayuda a subir la escalera, la goma gastada de los escalones huele a muñeca recién comprada. Entramos en su despacho, donde las azaleas danzan a ritmo púrpura, como es habitual. Beatriz es flores de montaña, el calor tibio de su brazo enganchado al mío, la familiaridad apática de alguien que no me conoce, pero a la vez sabe tanto de mí.

—¿Qué haremos hoy? —le consulto.

—Más solicitudes, Manuela. Todavía no podemos entender por qué no puedes ver, si clínicamente tienes visión perfecta. Tu miopía no tiene explicación. Y la audición, está perfecta, pero...

La voz de Beatriz se diluye en mi interior. No es la primera vez que escuchas estas palabras. Filas de doctores, vainilla, café, tabaco, bolitas de menta, me han dicho lo mismo. Beatriz es mi última esperanza. Lo mejor, dijo el galeno que amaba las cebollas en escabeche y cada vez que me hablaba, me daban arcadas. "Visítela", insistió, "y lamento no haber podido ayudarla", sentenció en una bocanada acre.

—¿Manuela? —la oigo repetir.

Su silueta se torna aún más borrosa.

Solo alcanzo a olerla una vez más antes de entrar en mi silencio.

Me arremolino y me adentro.

Porque yo elijo. Elijo no escuchar, no ver, no hablar. Porque llevo un mundo atorado entre las hebras del cabello, un espacio de dolor imposible de compartir. Que debe seguir oculto como mar, a costa de pelos mal cortados y visitas semanales a la doctora Beatriz.

Esto es más fácil que aceptar la verdad que respira debajo del ombligo. Que punza y recuerda. Que cierra los oídos y los ojos y la boca. Que quita el habla. Mejor que repasar el lomo pisoteado de mi ser, más sencillo que pulir los callos que han surgido en la voluntad. Bloquear los ataques enconados a mi cuerpo juvenil, muslos ensangrentados. El horror.

Esto es mejor.
No oigo, no veo, no digo.
No te digo.

7

Dorotea encadenada

Hay silencio desde que le dieron las pastillas. Un silencio que se descuelga del ventilador. Lleva meses postrada en cama, una cama-clavos que le traspasa las nalgas, la espalda, los talones. Las pastillas y el silencio, la medicina para acallar el alma. No entiende por qué se habla a sí misma, antes no era así. Antes era ágil y hermosa en las costas frías de Quintero, piernas, brazos, cabellos largos. Antes era concreta y no decía boberías como "acallar el alma". Se pierde en el silencio de las aspas de aquello atornillado al techo, de las ramas de un árbol mecánico que se estira para cogerla. Del cabello antes dorado, ahora ceniciento, de allí la toma el árbol aspa para llevarla lejos, de vuelta a Quintero quizás. Tampoco sabe cómo llegó ahí. ¿No fue ayer que dejé atrás a mi esposo? ¿No lloró Benjamín con el ruido del avión?, ¿no me traje una lista de compras? ¿Dónde está la lista de compras? La garra del ventilador que la busca, la turbina de aire que quiere succionarla,

Benjamín sujeto a su pezón, no chupa, solo juega. No más, Benjita, no más, bebé. Las pastillas y el silencio.

Un robo en la gasolinera. ¿He estado ahí? Las noticias desde la televisión le gritan que un hombre encapuchado le disparó al tendero; lo apresaron. Le parece que una vez se detuvieron en esa misma esquina, Benjita quería comprar una bebida... ¿A mí me asaltaron?, consulta al bulto vestido de blanco que insiste en darle pastillas. Un bulto hecho reloj que aparece a las cuatro campanadas. ¿Cómo me salí?, ¿usted me encontró? El bulto de manecillas que le coge la nariz para cortarle la respiración, para obligarla a meterse las píldoras rosadas al buche, sin agua, no hay tiempo de aguas. Solo las aguas frías de la costa de Quintero. Otra vez el silencio, cuando lo que ella quiere es escuchar.

Una casa de ladrillos rojos, tejas café, pared amarilla. Un césped que insiste en morirse durante el verano. El árbol espinoso y retorcido que nunca tiene sed. Las flores feas que nacen de plantas como alcachofas, festín de abejas. Ella ágil, de rodillas, batallando contra la mala yerba. Ella, en un lugar de árboles espinosos, es dura como la mala yerba. Extraña los pinos, los eucaliptos, la respiración amplia invadida de gotitas, el Pacífico encapsulado en el vapor marino.

Incendio, un departamento se quema. ¿He estado ahí? Las

noticias desde la televisión le gritan que alguien olvidó desconectar una cafetera, que de milagro el fuego se contuvo. El cumpleaños de Benjita, treinta velas, la torta en llamas. El bulto café que huele a comida aparece a los pies de su cama. No estoy herida, ¿yo vivía allí?, ¿le gustó el pastel de chocolate? El bulto café maniobra y la cama zumbando se levanta. La espalda se acomoda pegada a la sábana, suda y nadie la cambia. Agua, dice, agua en la espalda. No hay tiempo de aguas, solo de papillas porque al parecer tampoco hay dientes. ¿Perdí los dientes? El bulto café se retira dejando atrás su peste a puchero.

Sueño lúcido al fin. El bulto café ha olvidado recostarla. La persiana está abierta, muchas nubes, algodones, parece que llueve, parece que truena. Por fin hay ruido. Voces, bultos y más bultos circulan por el pasillo afuera de su habitación. Mueve las piernas, las siente. Se alegra con la vitalidad que tenía cuando dejó a Benjita y a su marido en Quintero. Mueve los brazos, los siente. Inspira con la fuerza que tenía al nadar, sin importar el agua gélida del Pacífico. Tantea las nalgas, no tienen espinas. Pero el sudor bañándole la espalda persiste. Se gira para bajar las piernas. Apoya la planta de los pies, no recuerda cuándo fue la última vez que caminó. Antes de la primera pastilla de silencio, sí, antes... Se anima a levantarse afirmándose de la baranda de la cama y ve su reflejo en el ventanal, un rostro de arrugas y de muchas risas, eso ve. Más allá, el cielo arremolinado y verdoso que anuncia tornado.

Una casa de ladrillos rojos, tejas café, una pared que fue amarilla pero ha debido pintar verde. Árboles arqueados que no se mueren. Abejas que arman colmena en la canaleta. ¡No son abejas, son avispas! Ardor, agua con hielo, ¡ayuda!, no hay nadie. Benjamín se casó y se fue. La casa le devuelve el eco de su antigua voz, que fue segura y decidida. El dedo hinchado, el festín de la avispa le empieza a cerrar la garganta. Tendrá que irse sola al hospital.

¿Es por la picada de avispa?, ¿por eso estoy aquí?, le consulta con ansias al bulto blanco que reaparece con sus manecillas finas y rígidas, siempre a la hora, para acostarla de nuevo, para bajarle el respaldo de la cama, para arroparla tan duro como quien desea inmovilizarla.

Busque refugio ahora. Tornado. Ahora. ¿Es por la avispa? Las noticias desde la televisión le gritan que un tornado se aproxima, ha levantado techos, volteado carros, inundado escuelas. Recuerda a sus nietas, las hijas de Benjita, asustadas el primer fin de semana que se quedaron con ella, sábado de alarmas y de vientos aullantes, escondidas las cuatro en la bañera. ¿Fue el tornado que me trajo aquí?, se pregunta y se aferra a la época en que no se hablaba a sí misma y no decía "acallar el alma", la época en que Benjamín también dejó Quintero para reunirse con ella en Texas. El tiempo feliz en que pensó que todavía tenía esposo allá en Chile, para descubrir más adelante que aquello no existía, que aquello tibio que se llamaba amor se había secado con el pino que daba buena sombra en una casa que ahora era refugio de otra. Cuando el ventanal tiembla, el granizo es un enjambre de pájaros hielo furia y el cielo verde del tornado les cierne sobre las cabezas, entonces recuerda que fue Benjamín, su Benjita, quien la internó en el hospicio. Antes de que perdiera las palabras, antes de que los recuerdos se enredaran, antes de creerse Dorotea buscando al mago, antes de todo eso, ella era mujer. Grita, pero las aspas del techo la cogen. Grita y el cabello le arde en la raíz. Entonces las pastillas, el bulto blanco apretándole la nariz, obligándola a tragarse las pastillas de silencio, amarrándole las manos y hablándole suave, como si al bulto blanco le importara algo, una pizca, lo que a ella le duele. Y lo que a ella le duele, en el momento del grito, es el olvido.

8

Ramona en dúo

I Ramona de aquí

Ramona empaca, mirando el reloj, contando cada minuto de ese ruidito odioso, de aquel aparato metálico de tripas ensortijadas, del engendro que su abuela mantiene en el comedor/salita/estar, todo aquello que cabe en esos cuatro por cuatro metros, cuatro paredes, las cuatro de la tarde, Ramona empaca, mirando el reloj.

Entra la abuela, a la misma hora de siempre, estereotipo la abuela, viejecita de pelo cano, pero corazón renegrido. No le queda de otra, ha dicho, te vas y te vas luego, eso sí. Nada de novelitas rosa, te me vas. Así es que Ramona empaca a las cuatro de la tarde en esas cuatro paredes. Ya sabe que la han vendido y que tal vez ha sido por cuatro monedas. Y tiene hambre y entiende que ese hambre, el calambre, el hambre, le irá creciendo lento y callado, hasta estallarle a rompe y rajas al otro lado del río, el Grande. El hambre, el calambre.

Ya es tiempo, ya es rato. Hace rato, dice la abuela que la mira con repulsa, con una furia callada que se descuelga como manecitas ínfimas desde la vena del cuello, y de aquellas sienes que alguna vez fueron lisas, como un desierto amplio donde no cabía el odio, el rencor por quedarse con esta nieta, Ramona, esta Ramona anclada al regazo de una abuela de corazón renegrido. Eso, un paquete esta Ramona. Una moneda de cambio. Caderas anchas, la Ramona, ni tonta ni lumbrera, la Ramona. Buenas ancas, ¿no ve? Cuatro monedas, de oro, de plata, de lata. No importa, nada más llévesela. Sí, que seguro allá encuentran a la madre, porque el padre ya muerto, ya disparado, ya tirado en la cuneta, en el basural, en el desierto detrás de la casa, entre el pueblo y la frontera, en El Paso. Por ahí ha de estar. Esta es la abuela y el lobo y la caperuza y en vez de canastas, monedas.

Ramona empaca, tic tac, tic tac, ras ras, enrolla lo poco que tiene, guarda ese crucifijo, que te salva, que te ampara. Tic tac, ras ras. Ramona empaca ante los ojos encendidos de la abuela, que ya es hora, que ya es la misma hora, que ya vienen Ramona. Y Ramona nada más parpadea, más, más lento, parece que ya no viera. Se va para adentro, a un mar muy largo y muy azul, un mar donde la niña y la pinta y la santa maría la cruzan, un barco despistado, la llegada a América, el paraíso y las cuatro de la tarde.

II Ramona de allá

Cabellos negros, ensortijados. Labios gruesos y colorados. Caderas redondas, calientes, rotundas. Ramona. La mente ágil, la palabra exacta, callada antes frente a la abuela, elocuente ahora. Ramona. Se empina en los dieciséis, al otro lado. Ramona pone atención, la han enviado para que muera, no tiene ganas. Pone atención, repite, un loro Ramona. De sus labios gruesos y colorados surge un reino inaugurado, el paraíso, el cruce, la Niña, la Pinta, la Santa María, la dejan del otro lado. A nadie importa si lo logra, pero no muere, Ramona, no tiene ganas.

Obstinada Ramona.

Ramona aprende, crea, Ramona junta sonidos nuevos. Caderas redondas, quieren casarla. Pero ella no tiene ganas. Desea seguir enlazando sílabas como cuentas de un nuevo collar, que poco a poco se arma, que día a día se arma. Un collar donde todo suena distinto, hasta lo más trivial. El matrimonio, lo más trivial. El sexo, lo más trivial. Las manos sobre sus pechos duros, lo más trivial. Ramona no quiere venderse, no tiene ganas.

Ramona quiere engalanarse con este nuevo collar, colgarse más palabras, sustantivos, verbos, hasta llegar a las oraciones, armarse un collar de veinte vueltas, veinte oraciones. Cuarenta vueltas, cuarenta oraciones. Un collar tan largo, inacabable, hilado con la lengua que habita del otro lado. Más largo que el mar que cruzó, más potente que el oleaje que no la dejaba alcanzar la orilla. Ramona aprende, mente ágil, palabra exacta. No era tonta la Ramona, sino orfebre y seguirá pasando cuentas y vocablos, seguirá amarrando nudos y cierres a la joya de su nuevo lenguaje. Se labrará una pulsera de sustantivos, una tiara de adjetivos, un cinturón de pronombres, coserá ropajes de afirmaciones, una capa púrpura de lecturas, tejerá un camino propio, donde no cabe la abuela. Un camino solo para ella, sin monedas de oro, ni de plata, ni de lata, sin empacar en cuatro paredes a las cuatro de la tarde, ras ras, sin rosarios, ras ras, sin canastas, tic tac. Sin abuelas de corazón renegrido. Y todo esto lo hará con su lengua, con su nueva lengua, con su doble lengua y todo esto lo hará porque tiene ganas.

9

Recolecta

Mi padre se avecindó en San Mittre de Laurides a causa del cementerio, que está cerca de una arboleda y la sombra lo mantiene entre cinco y siete grados más frío que el resto del pueblo. Por eso vino mi padre, porque el hielo era tal que los difuntos salían casi a diario de sus tumbas en busca de calor. Dice que cuando llegó a San Mittre, siguiendo el aviso del periódico, el alcalde estaba tan feliz de verlo que le dio un abrazo de bienvenida y lo contrató en menos de diez minutos.

Mi padre dice que la plaza del pueblo reverberaba en un ruido tan peculiar, como si se rompieran cántaros repletos de agua; era un rumor tan molesto que muy pronto le dio dolor de cabeza. "El ruido no es el mayor problema", le dijo el alcalde, "comparado con el de la 'Recolecta'. Que antes de que él llegara, el pueblo había intentado distintos mecanismos para seleccionar al encargado; hicieron sorteos, competencias de salto, eligieron al dedo, el asunto es que nadie quería hacerlo.

Orietta, la vecina más vieja, había sugerido que pusieran un aviso en el semanario local. Por dos razones, dijo: que ya estaba cansada de que el difunto Fuentes le dejara la mandíbula en el antejardín. Y que ella se uniría al desfile de muertos y más le valía dejar organizado el asunto de quién la recogería al final de cada jornada.

Mi padre había abandonado la granja de mi abuelo un par de meses atrás, pero al cabo de poco andar, sus sueños de fama y fortuna se habían reducido a dormir debajo del puente del estero Laurimague, arropado con periódicos.

Una noche de frío extremo, en que una fogata minúscula apenas le calentaba las manos e intentaba cubrirse con diarios, se topó con el aviso que Orietta había puesto.

"Se necesita Recolector. Buena paga. Casa y Comida", leyó. "Recoger frutas", pensó mi padre antes de dormirse, él era bueno para eso, muy a su pesar. Cuando despertó, partió al pueblo, pensando que se encontraría con un regimiento de fruteros y que tendría que hacer despliegues de fuerza para ganarse el puesto. Sin embargo, para su sorpresa él era el único postulante y el alcalde, como ya dije, lo recibió con los brazos abiertos.

Esa misma tarde, cuando cayó el sol, con el pueblo sumido en una pátina invernal y todos sus habitantes ya guardados en sus casas, acurrucados frente a los fogones, el alcalde le pidió que esperase al centro de la plaza, que muy pronto vendrían; y luego se retiró. "Los patrones", pensó mi padre.

El ruido sordo contra el empedrado del pueblo, que había oído durante toda la tarde, aumentó poco a poco hasta volverse estruendoso. Era una procesión de esqueletos que surgía desde las cuatro puntas de la plazoleta y se encaminaba al cementerio. "La Recolecta...", entendió mi padre y con el sentido práctico que le caracterizaba, se fue persiguiendo a la comparsa recogiendo quijadas, fémures, falanges y todo resto óseo que se iba cayendo. Los siguió hasta el camposanto, comprobó que era gélido, los vio a cada uno meterse en una tumba y detrás fue él devolviendo huesos un poco al azar.

Cuando terminó, alumbrado por la Luna, se encaminó a su nueva residencia que el alcalde le había mostrado antes. La casita de junto al cementerio era cómoda, caliente y seca. El olor de las cebollas y las zanahorias humeando en la marmita le confortó. Comió, se acostó y se durmió de inmediato. Ya dije que mi padre no es de los que se complican la vida. Claro está que lo mejor era quedarse ahí y no retornar, derrotado, a la granja del abuelo.

Con el cacarear del gallo, la voz cantarina de Orietta lo despertó a través de la ventana. Quería agradecerle porque sus flores habían amanecido rozagantes, abiertas y libres de dientes. Al poco tiempo se vio rodeado de todos los vecinos, apenas un centenar de personas. Todo el pueblo estaba satisfecho y se puso a planear un gran festín. Entusiasmado con sus nuevas habilidades, mi padre muy rápido se volvió experto en la "Recolecta" y se jactaba de no olvidar osamenta alguna. Así, su vida empezó a transcurrir en la dulce rutina del trabajo.

Dice mi padre que en uno de esos recorridos conoció a mi madre. Al principio, ella lo seguía un par de cuadras, luego algunos kilómetros y finalmente todo el camino hasta el cementerio mientras él iba empujando la carreta para terminar la labor antes de plena noche. A él le daba risa tener esta compañía. Cuando podía, se volteaba a mirarla y lo que más le gustaba de ella eran sus mejillas rosadas y los labios color carmín. Así, entre sonrisas y pocas palabras, una noche hicieron el amor rodeados de sepulcros medio abiertos.

Muy pronto nací yo y la felicidad fue completa. Pero un buen día, cuando se me asomaban los dos primeros dientes, mi padre me encontró chupando una clavícula, tratando de aliviar la picazón de las encías. Entonces él pensó que era tiempo de cambiar de rubro; mal que mal, ya tenía una familia, tenía una hija y deseaba tener más.

En los meses posteriores se aplicó a la tarea de ahorrar para sacarnos lo antes posible del pueblo y cuando reunió suficiente dinero, le avisó al alcalde que nos iríamos. El hombre le rogó que nos quedáramos, lo recuerdo porque se aparecieron todos por la casa, pero esta vez venían menos festivos. Orietta lloriqueó con la noticia. Un hombre con pata de palo alzó los puños y yo corrí a esconderme detrás de mi padre. Luego de mucho tumulto, el alcalde dijo que mi padre era, sin dudas, el mejor recolector que el pueblo hubiese visto jamás. "Sin comparación", agregaron los pobladores al unísono, en un extraño coro de voces que indicaban no aceptar la renuncia.

Mi padre sugirió que cerraran el cementerio. El alcalde se negó. Mi padre propuso cortar los árboles, instalar calderas, levantar una cerca tan alta capaz de bloquear el viento cordillerano, pero ninguna de las ideas prendió. Ellos querían a mi padre y mi padre insistió en que debíamos salir de allí. El alcalde se rindió menos mal y se dio la media vuelta; los pobladores le siguieron, ensimismados, con los hombros rígidos, reclamando e insultándonos de vez en cuando.

Mi madre, que había observado todo desde la ventana, estaba un poco inquieta cuando entramos a la casa. "¿Estás seguro?", preguntó. Mi padre nada más respondía con un movimiento de cabeza. El plan era partir después del desayuno. Mi madre se movía silenciosa, aunque le temblaban un poco las manos y con su típica economía, metió en un baúl solo lo indispensable.

Al atardecer, de súbito, mi madre faltó. Yo era pequeña, no recuerdo tantos detalles, pero mi padre volvió de su última recolecta y me encontró a mí sola en casa. Esperó un rato, pero mi madre no vino, así es que cenamos en silencio el puchero que ella había dejado cocinándose en la estufa. Luego supe que mi padre la esperó despierto toda la noche, hasta que a horas de la madrugada escuchó murmullos y luego un gran golpe contra la puerta. Corrió a abrir y ahí estaba ella, sentada en el suelo, pálida, las mejillas grises y los labios azules, la mirada fija, detenida, un tanto horrorizada.

Al amanecer se supo de su muerte y el pueblo se deshizo en atenciones para con nosotros. Orietta, incluso, apareció con una bufanda hecha a mano, que deslizó con amor alrededor del cuello de mi madre, cubriendo esas marcas moradas como de una cuerda, que allí le habían surgido. Cierto es que mi padre estaba devastado y cuando el pueblo le ofreció enterrar a mamá gratis e incluso le aumentó considerablemente el sueldo, él, en la confusión de la pérdida, aceptó.

A ratos, a la hora de comer, le vuelve el arrepentimiento y me dice que debió sacarnos de aquí en secreto, que aún estaríamos los tres juntos. Llora y se lamenta de no haberlo hecho.

Entonces le recuerdo que aún lo estamos, los tres, que solo debemos esperar hasta la mañana siguiente, cuando mi madre salga a buscar sol y él, al término del día, la recolecte y la devuelva a su tumba.

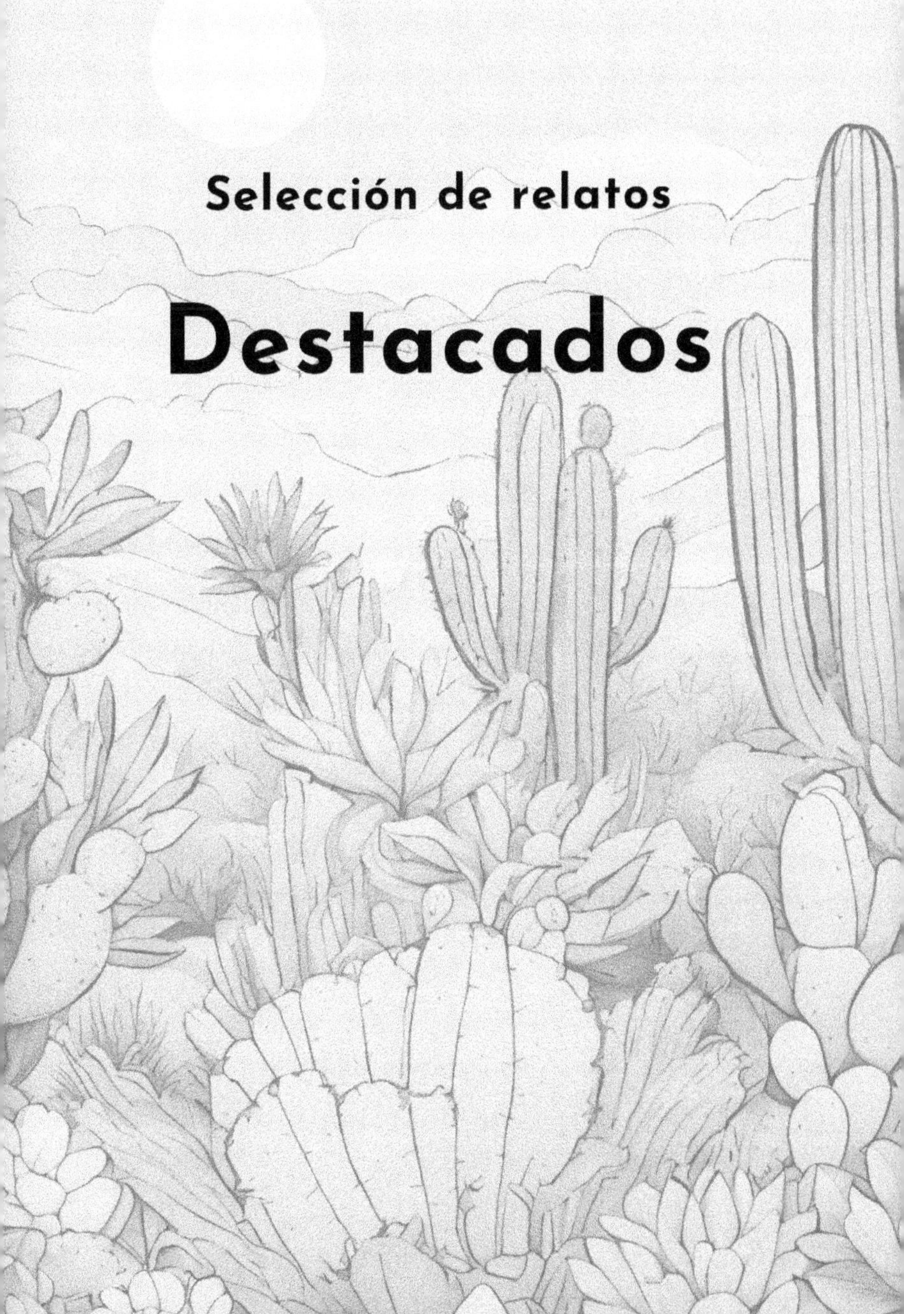

Selección de relatos

Destacados

10

María Kawésqar

Soy la primera mujer después de una larga lista de varones. Soy la realización de mi abuela, la máxima, absoluta y más querida realización de mi abuela. Me llamo María Kawésqar y le voy a contar mi historia. Nací al sur en un país helado, con lluvias, montañas, canales y bosques fríos. En mi cabeza llevo las historias de mis abuelos, mis madres, tíos, hermanas e hijos y esa es la historia que le quiero contar. Es breve, no desespere, tomará solo un pestañear.

Fuimos millas, la gente de mi reino, fuertes, amos y dueños de las tierras allá donde el mundo se acaba. Le hablábamos a las montañas y éstas se alzaban con tal de frenar las lluvias que venían del otro lado, así conseguíamos inviernos más dóciles. El océano bajaba su oleaje a nuestro comando para dejarnos ver los peces saltarines y plateados, listos para ser recogidos. Los niños corrían descalzos y desnudos, recolectando frutos del mar, en una alegría y un abrazo tan natural que nunca imaginamos se pudiese vivir de otra manera.

Así fue mi pueblo hasta que llegó el invasor, primero con cascos de bronce, bigotes, pechos de armadura. Más tarde en barcos, ballenas metálicas que atrapaban vidas acuáticas sin seguir ritmo o luna. Dimos pelea y lucha, duramos años resistiendo el avance de estos seres flacos, pálidos, que nos atacaban con pólvora, perros rabiosos, redes y arpones. De a poco se nos acabó la energía y nuestros jóvenes fueron muriendo. En vez de liquidarnos, el invasor cometió lo más horrendo: nos cogieron por la fuerza y nos lanzaron al buche de su ballena metálica, para navegar por centurias a tierras lejanas, a reinos con lenguas extrañas, donde vestían pesadas ropas y las pieles de lobo de mar no eran suficientes. Tierras de almas tan vacías que requerían tanto, tanto para sobrevivir. Allí escuché el rugir del tren y lamenté la altura de los edificios de ladrillos y piedra que las almas desgraciadas habían construido. ¡Qué lástima sentí por ellos! ¡Cuánto necesita el hombre pálido para ser feliz! Muy pronto nos llevaron a exhibiciones, nos mostraron como animales de intercambio, rostros sin vida nos miraban desde el otro lado de la jaula, nosotros sujetos por las muñecas con pesadas cadenas. No nos comprendieron, no saben lo que han perdido...

No sé cuánto tiempo pasó hasta que pudimos volver. Un puñado sobrevivió el viaje de regreso y los que venían enfermos contagiaron a los pocos que se habían quedado. Entonces yo pasé a liderar. Reuní a las niñas ya las viejas y nos fuimos a las cuevas recónditas, aquellas solo conocidas por nosotras. Las cosas parecían ir bien en ese nuevo reino fundado, pero la enfermedad del pálido nos alcanzó allí también y empezaron a morir. Sería por la falta de la sangre común, de nuestros padres, esposos, hijos, la falta se hizo herida y mis mujeres se desangraron, marchitándose a la vista y la indiferencia de un sol tímido de invierno. Así me convertí en lo que ahora soy, sin olfato, sin vista ya, pero la última y la guardiana de nuestras historias. María Kawésqar. Lo único que nos quedó de ese reino extenso fue el recuerdo de los valles helados que comandábamos con nuestra voz.

Desde que lo mío desapareció, voy de pueblo en pueblo compartiendo lo que he visto y oído, las peleas que he dado, las cicatrices que llevo en las pantorrillas, por latigazos y por batallas. Sobreviví y pienso que sobrevivimos todos, en tanto continúa yo rodando por el mundo, sentándome a conversar con usted, con tal de que usted escuche las historias de mi pueblo, de aquellos valientes y aguerridos que murieron, de los que fueron llevados como fenómenos a tierras muertas y lograron regresar. Han pasado más de quinientos años, pero seguimos vivos. Ante esta memoria mía, el invasor se debilita y se vuelve una cucaracha que aplasto con un dedo. Nuestra resistencia es más dura, más recia y más decidida. Y mi memoria también.

*****

"María Kawésqar" es ganadora de Primer Lugar favorito del público y mención honorable por parte del jurado del concurso Cuéntale tu cuento a La Nota Latina, organizado por Hispanic Literature Heritage Organization, Miami, EE.UU.

Los Kawésqar son un pueblo originario que habita el sur

de Chile. Esta historia es una interpretación libre de los hechos que han debido enfrentar.

II

El verano de Alfonsina

Alfonsina se bañó en este mar cuando vino de incógnito a las playas de Quellón y fue para mí un gran evento verla llegar con su maletita de felpa morada, el chal de lana negro y los lentes redondos que le cubrían casi toda la cara. "¡Alfonsina!" quise gritarle al verla pasar, pero no me atreví a interrumpirla en su camino entre la casita de huéspedes que arrendó, al fondo del terreno de los Gutiérrez, y la zona de desembarque. Entre sus dos destinos quedaba mi tienda y cuando ella se acercó, yo corrí a esconderme detrás del mostrador. ¡Qué imbécil! Desde el escondite le miré los botines. Estaban buenos y bien cosidos, ni esperanzas de que Alfonsina se detuviera en mi despacho. Qué le hubiera dicho el día que apareciese a pie pelado, los zapatos deshuesados colgando de su mano blanquita, jamás lo sabré.

Alfonsina de seguro pensaba que en Quellón nadie la conocía, pero yo sí, el zapatero que además ejercía de telegrafista y fue de pura suerte que me enteré de su visita. ¡Cómo llovía cuando se descolgó del lanchón!, y eso que era pleno verano. Mi colega de Puerto Montt me pasó el dato, quien, a su vez, recibió la noticia del colega de Concepción y así, una larga hilera de chismosos hasta llegar al telegrafista que la vio salir de Buenos Aires, con la misma maletita de felpa con la que cruzó la calle principal y preguntó al primero que le sonrió, por el terreno de los Gutiérrez. Supongo que buscaba la soledad, claro, porque al final, ¿dónde podría estar más sola que en esta isla? Recuerdo que cuando Puerto Montt me habló de Alfonsina, pensé que se trataba de una artista de radioteatro. Fue porque el colega estaba muy entusiasmado y no se limitaba a los puntos y las rayas, sino que usaba palabras completas para describirla. Él la había visto bajarse del tren en la estación y sigiloso la había seguido hasta el puerto, para verla partir enroscada en su chal, alzada en la proa, lista para cruzar el estrecho. Cuando yo la vi, sí fue un espectáculo, pero malazo para mi gusto, porque la mujer no traía muchas carnes; pero como el entusiasmo es contagioso, yo estaba igual de emocionado al verla llegar. Muy luego le pregunté a Puerto Montt que quién diablos era la flaca. Entonces me dijo que era poeta y hasta un poema me transmitió. Ha de ser que siempre llevé un maricón adentro, porque la verdad es que al leer esas palabras que Puerto Montt me mandó, que se volvían melodía en mis orejas, ¡miéchica!, cómo me saltaba el corazón y me puse a llorar como cabro chico.

Nunca supe cómo fue que Puerto Montt se había enterado de ella si hace poco no más me transmitía los *Veinte Poemas*, porque según él, Gloria, la hija del panadero, se me iba a entregar muy fácil si se los leía. Pero Gloria ese verano era de aquellas mujeres que no le soltarían los calzones ni al mismísimo Neruda, así es que en vez de seguir perdiendo el tiempo con ella, mejor me enamoré de Alfonsina y empecé a espiarla, observarla en sus caminatas breves por la calle principal sin departir con nadie. Comprar el pan cada mañana ante la mirada recelosa de Gloria y cenar con los Gutiérrez cada tarde... Los Gutiérrez, una manga de canutos, no hubo cómo tirarles la lengua para que contaran cómo era ella a tras puertas. Y nadó en la playa al amanecer, cada uno de los veintitrés días que se quedó.

Yo me dediqué a enviarle informes diarios a Puerto Montt, quien a la vez los retransmitía hasta la infinidad. Así viajaba Alfonsina en una cadena de puntos y rayas que anclaban su vida de alguna manera, porque toda ella parecía muy volátil. Cierto, como si el kilo de pan que acarreaba por la avenida principal era el único peso que la sujetaba a la tierra.

No voy a decir que me preparé para conversarle, no hubiera sabido qué decirle. De abrir la boca, hubieran salido los gruñidos del buen burro que siempre he sido. Así es que empecé a escribirle, cartas, poemas, reflexiones, que si el tal Neruda podía, por qué yo no... Aunque nunca le entregué ninguno de mis papeles, por más que traté; y muy pronto la vi partir y con ello, el pueblo se achicó tanto que mi isla parecía una prisión. Claro que me arrepentí y todavía me arrepiento, porque un "Buenos días" hasta el más tonto lo puede decir. Puerto Montt se rió cuando le conté que me trabé en su presencia, pero después me dijo que me entendía, que él tampoco dijo ni pío cuando ella desembarcó al otro lado y se montó al tren.

Los siguientes meses sin Alfonsina fueron la peor peste

que ha caído en Quellón. Gloria no tenía ni una gracia, era tan pesada, regordeta, copuchenta y mal agestada que me daban ganas de cerrar la tienda y mandarme cambiar. Los Gutiérrez nunca quisieron romper su silencio, por más zapato y telegrama gratis que ofrecí. Mi único consuelo fueron las transmisiones de Puerto Montt, los versos que habían salido de la mano de ella. Cuando hubo mejor tiempo, me fui todos los días al desembarcadero, pero nada, ni la Pincoya se apareció. Empecé a comer menos y a preocuparme más, porque nunca me había sentido tan embobado, ni siquiera cuando la Gloria por fin me permitió agarrarle media nalga y pucha que costó que la soltara... Fue por esas fechas en que Puerto Montt me mandó el fatídico aviso de que se había despachado, Alfonsina, que había elegido irse con el mar, pero no con *mi* mar y eso me dolió como patada de mula, porque mi mar es cojonudo, frío, azul y sin retorno. Esa tarde oscura, sentado junto al telégrafo que estaba extrañamente silencioso como si también estuviera de luto, descorché una botella y me puse a tomar, hasta que llegó Gloria toda remilgosa y aceptó entregarme la nalga completa.

Semanas después Puerto Montt intentó remitirme uno de los libros de Alfonsina, pero como el envío salía muy caro, se lo dejó para él, ¡puras excusas! Yo me guardé, eso sí, cada uno de los telegramas que mi colega me mandó.

Ya ni me acuerdo de cuántos años han pasado y de seguro tengo mucho más que veinte. Pero incluso ahora, cuando llega el verano y la mañana brilla como hoy, me pongo un poco mustio, entonces abro la caja de madera y revuelvo los signos de Alfonsina. Igual, por si acaso, aguaito el lanchón... Quién sabe si todo fue un error y una mañana cualquiera se baja envuelta en su chal, arrastrando su cuerpo huesudo y su maleta y ese aire tristón que tenía, caminando como si la vida no valiera ná.

*****

"El verano de Alfonsina" ganó Segundo Lugar en II Concurso Bianual Litteratura, organizado por Litteratura de Barcelona, España.

12

Tipografía de barrio

Josué huele a eucaliptus porque es alérgico a la tinta china y pasa su jornada de trabajo masticando caramelos medicinales. Josué se mueve lento entre los folios que cuelgan de cordeles, atravesando el taller como trapos recién lavados, listos para ser impresos.

Piensa en su madre y en el afán que la anciana tiene por limpiar a mano la camisa blanca de mangas abombadas, esa que siempre viste los días jueves. Pone aún más cuidado para avanzar entre las hileras de rodillos, tipos y planchas, que gotean sangre negra.

A esa hora la trastienda es un concierto de sonidos metálicos, cuando Josué, en penumbras, tantea las cajas en busca de los moldes necesarios. Cual ciego leyendo suerte en runas, Josué reconoce cada letra. Sabe que la "A" es puntuda y que la "Y" tiene un filo que corta, 20 gramos.

Poco después del amanecer, el cilindro pegajoso de aceites

va entintando las láminas. Josué tiene calor y a esa hora el sol antes esquivo, se cuela en pleno por los ventanales. El bochorno le arde en las orejas, rojas y sudorosas.

En el pequeño infierno de su taller, una sonrisa le corta el rostro, sabe que viene su parte favorita. Los hombros suben al compás de la placa que transfiere párrafos al pliego. "Se hace la palabra", murmura mientras revisa los primeros ejemplares.

Afuera, las risas de los niños que van a la escuela le recuerdan que debe apurarse si quiere ofrecer el nuevo boletín en la verdulería de la esquina.

Todavía necesita esperar a que los folletos sequen. Toma el jarro de café matutino, la loza está fría, pero lo bebe de todas maneras y sabe amargo, como la tinta china. Considera que en diez minutos su periódico estará listo. Avanzará entre las lianas descolgando las hojas, las estirará sobre el mesón una sobre la otra como quien se alista para enrollar cigarros y compaginará, escuchando de pronto el taconeo de Mercedes rompiendo el pavimento, minutos antes de las ocho y media. Entonces cogerá los racimos de noticias locales, con los frutos frescos de la imaginación barrial: las poesías enviadas por el loco Lalo, la opinión de la verdulera, el dibujo de Jaimito y la foto del último bebé que ha nacido. Al fin, sin tener que apagar la luz porque nunca estuvo encendida, tomará su bastón que siempre cuelga de junto a la puerta y saldrá a ofrecer sus novedades, un poco a tropezones primero, pero ya luego con el caminar de un experto, guiado por la memoria de sus pies.

*****

"Tipografía de barrio" fue finalista del I Concurso de

Cuento Corto Editorial Zenú: Homenaje a Gabriel García Márquez, Bogotá, Colombia y publicado junto a los ganadores.

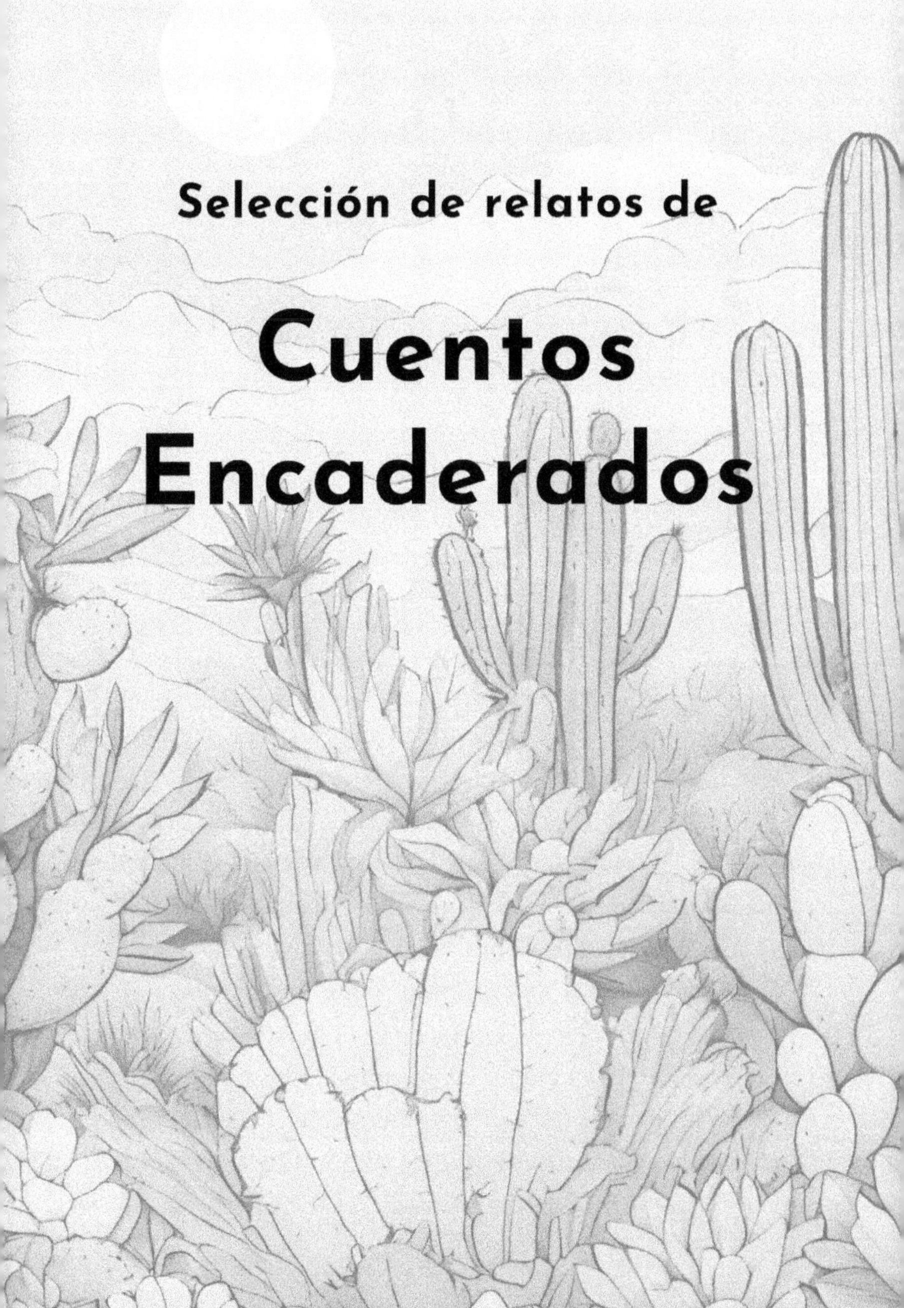

Cuentos Encaderados

13

La sangre y la huida

A Terése

Vicente me dijo que no me ponga los zapatos hasta que llegue a la estación. Que si llego con zapatos sucios van a sospechar. Que en primera clase era tranquila. Y que tira el hábito a la basura. Si no, van a sospechar. Estoy cansada y está tan oscura, casi no veo nada. Solo las sombras de los árboles bajo la Luna. Ya me duelen los pies. Caminar sin zapatos, como las monjas, pero sobre roca, ramas, lodo. Me falta tanto. Vicente dijo que al cabo de una hora llegaré. Seguro. Y al otro lado estará bien, sí, porque allá la vida es diferente y las mujeres hacen lo que quieren. Viven su vida, nadie las vigila. Y nadie las declara locas. Y no renunciante. ¡A nada! Ni a sus hijas. Ni a su libertad. Aunque yo no me perdonaría si mi hija creciera bastarda. Lloró tanto. Yo aguanté las lágrimas. "Mamá no está loca, solo se va por un tiempo" le repetí cuando fueron a buscarme, mientras el bulto de mi marido la sujetaba firme para que no corriera donde mí. Era lo mejor. Si no me iba, el bulto me repudiaría y la declararía bastarda. Y no puede crecer sin apellido. No. Aquí no se puede, por eso la entregué, me entregué, porque este país es tan minúsculo que ella debe conservar el apellido para crecer segura, casarse bien y que no le falte nada. Me siguen sangrando los pies, qué dolor, claro, sin zapatos. Oí al "bulto" decirle que yo estaba muy enferma, que debía ir al hospital...

El riachuelo... Deben faltar unos cuarenta minutos.

Seguir caminando. Le rogué al "bulto" que me la llevara al convento, que me visitara, pero no quiso. Tampoco me dejó escribirle. Me metieron en una celda de paredes sin ventanas, solo el espacio para la cama y el fogón para el invierno, la puerta de rejas, sin privacidad. Pero no me importó porque pude escribirle a mi hija, en secreto, con el papel, tinta y pluma que me trajo mi amiga la novicia, luego de mucho rogarle. Del otro lado le enviaré todas estas cartas, mi hija estará feliz. Verá que su madre no está enferma como le dijeron y que pronto volverá por ella. Ahora a seguir caminando. Olvidar el dolor en el tobillo. La mirada oscura del "bulto" gritándome que la niña ya me olvidó. La sangre, me sangran los talones.

El molino de agua... Deben faltar unos veinte minutos, nada más.

Seguir caminando. En la última visita el "bulto" me encontré alegre. Era por las cartas que le escribo a mi hija, pero no quise decirle. "¡¿Qué has estado haciendo!?" Me grité indignado. "Nada" le respondió, " no ves que aquí no hay nada, ni libros ni nada". Pero él pensó que era por Vicente y volvió a enloquecer, igual que cuando encontró mis cuadernos escondidos en el baúl de los juguetes ya pesar de que peleé por quitárselos, no pude. Se encerró en el estudio y escuché cómo arrancaba las páginas y creo que las tiraba a la chimenea. Salió del estudio sin mirarme, cerró la puerta otra vez con llave. Se acababa de enterar de mi escritura y de Vicente y enseguida planeó mi destierro. A la mañana siguiente me llevaron al convento. Seguir caminando. Después de la visita del "bulto" me prohibieron hablar con nadie. A mi amiga la novicia la expulsaron y ninguna monja me hablaba. Solo las otras locas, las que sí lo están, venían a mí, a peinarme, a cantarme, a tratar de que jugara con ellas. Entonces reapareció Vicente, cuando ya no lo esperaba, cuando ya me había secado de tanto llorar. Después de meses sin saber de él, allí estaba. No hagas caso a la sangre, claro que debe doler...

El cruce del sendero... Debe faltar poco. Diez minutos. Seguir caminando.

Mi Vicente. No lo reconocí vestido de sacerdote. "Tenemos poco tiempo", me dijo, lo encontré serio. "Póntelo"; dijo mientras me entregaba un paquete. Había un traje de vestir y un hábito de monja en el paquete. Me puse el traje y luego el hábito, uno encima del otro, frente a Vicente. No abandonó la vista. Me miró todo el tiempo. Luego me pidió que lo siguiera, la cabeza gacha. Así lo hice. Avanzamos por el corredor central, las ventanas daban al patio interior. Allí estaban las monjas trabajando en la huerta. Luego hacia la capilla vacía a esa hora del día; y de la capilla, a la calle. No lo podía creer. ¡Era libre, al fin! Afuera había una carreta con heno. Subimos y Vicente partieron rápido. Quise contar tantas cosas, pero no pude. Estaba muda. Traté de agradecerle, pero solo lo observar, iba concentrado dirigiendo el caballo. Hasta que paramos a la entrada de este camino, que yo ya conocía porque aquí nos reuníamos antes. Nos bajamos y me dijo que me fuera derecho, por una hora, sin salirme del camino, que pasado el cruce estaría muy cerca de la estación y el tren a Buenos Aires estaría a punto de salir. Me dio un par de zapatos y un boleto de primera clase. Me dijo que no hablara con nadie. Que no mirara a nadie. "Aunque ellos te miren, Teresita", me dijo sonriendo, un poco triste. Le pedí que se fuera conmigo. "No puedo", respondió. Le pedí que cuide de mi hija. "No puedo", repitió. Entonces le di la espalda, esta vez para siempre. Empecé a caminar y lloré, creo que por mi hija. La pena se me fue a los talones y sangraron. Seguir caminando. Ya debo estar cerca. Ya...

¡Sí!, ¡la estación!

VICENTE

No tuve tiempo de explicarle nada. De todos modos no lo hubiera comprendido. Ya la habían declarado insana. No había nada más que hacer. Fue difícil acercarme al convento. Me tenían vigilado. A la puerta de mi casa, siempre un carruaje con dos hombres, a la mañana, a la noche, inamovibles. Estuve algunos meses planeando la huida. Lo más difícil fue conseguir el hábito. Pero ella no lo entenderá, no sabrá lo que significa ayudarle a escapar. Todo lo que yo arriesgo, lo que yo puedo perder. ¡Que es mucho! Me molesta aún la mirada que me dio, como implicando que yo era un cobarde. ¡Cobarde!, ¿yo?

Héroe sería mejor. Pero no hay cómo hacerla entender. En realidad ya perdiste la chaveta. Desde el día en que decidió escribir, el mismísimo minuto en que agarró la pluma y se puso a garabatear. Traté de detenerla. "Esto no es oficio de damas, Teresita", le dije. Me miró furiosa, me arrojó el tintero y se mantuvo en el silencio más gelido que él percibió. "¡Imbécil!" me dije a mí mismo... Creo que nunca la entendí. Una mujer con todo lo que las mujeres siempre han querido tener. Un esposo acaudalado, belleza, educación, una buena casa, un futuro asegurado. Pero no, esta mujer era líquida, se diluía entre la poesía propia y la de otros. Se extraviaba en las páginas de ese diario que no mostraba a nadie, ni siquiera a mí, con todo el amor que decía sentir.

Debería estar agradecida...

TERESA

¡Sí, es la estación de trenes! Mi Vicente no me defraudó. Sé que siempre estuvo organizando mi escape. Lo sé, por eso no le dije nada. Yo sé cuánto él me ama. Aunque nunca me lo confesó. Pobre, se ponía rojo cada vez que yo le miraba. Mi pobre Vicente y sus escritos maravillosos. Me hubiera gustado estar con él, que nos fuéramos juntos, cruzáramos las montañas de la mano. "¿Sus boletos?" dijo el inspector. Y él abriría su maletín y entregaría dos brillantes y blanquísimos pasajes a Buenos Aires. Entonces le apretaría aún más el brazo, para sentirme viva y protegida y querida y... ¡Un momento!

¿Cuánto tiempo estuve en el convento? No recuerdo, cada día es igual al otro, excepto por el frío y el calor... ¿Cuántos fríos pasaron? ¿Cuántas calorías? ¿Habrán sido tres? ¡Tres! ¡Tres años! O sea que mi hija ya tiene cinco años... Y yo veinticuatro. ¡Un momento! ¿Qué tengo que agradecer a Vicente? ¿Qué viniera al cabo de tres años? ¡Y que ni siquiera me acompañará hasta la estación de trenes! Que me dejara cruzar el descampado sola y sin zapatos. Que no pensara en la sangre de los tobillos, ni toda la sangre estancada que llevo dentro. Ni todas las lágrimas podridas, todo lo que lloré por mi niña y por él. ¡Por él! Porque esa tarde no fue capaz de enfrentarse al "bulto". Baja la mirada. Guarda silencio. Se encogió de hombros. Se hizo cómplice para salvarse él y su maldita escritura. Tanto más fácil condenar a la despistada, a la que tararea por la casa, la que borronea en papeles sueltos. ¡Cuánto más fácil!

¿A quién ayudas, Vicente? Porque a mí, no. Lo más seguro es que te ayuda a ti mismo. Soy un obstáculo ahora para ti y tu carrera literaria. Claro... ¿Qué otra razón? El "bulto" me manda al convento y tú me mandas a Argentina... La mejor solución. Tanto te incomoda una loca reclusa con los dedos manchados con tinta. Tanto te molesta esta mujer que solo quiere escribir poesía...

Esa soy yo. Pero no un paquete que se manda a un convento, a otro país... Una mujer. ¡Buenos Aires mis cuernos! Yo me vuelvo. Pero no al convento, no. Yo me voy a buscar a mi hija. Me la llevaré al norte. Yo sé que allá no hay ley.

VICENTE

Recibí un telegrama de que nunca llegó. Tal vez murió en el camino. No tengo ahora cómo saber. Tal vez debí haberla acompañada, ¿era tan arriesgado llevarla en la carreta hasta la estación? Pero si alguien me veía... Hubiera sido mi fin... No, nadie es más valioso que mi carrera de escritor. Es posible que se haya equivocado de tren, o se haya bajado antes. No haber esperado hasta Buenos Aires. Teresa siempre fue impredecible. Nunca supe lo que iba a hacer. Y eso era parte de su encanto. ¡Ay Teresa! ¿Y ahora dónde estás? ¿Te habrás muerto en el camino? No quiero pensar que se haya tirado a las vías. Mi Teresa, tan dada a las grandes novelas románticas. Las heroínas siempre mueren, me reclamabas. Tienes razón. O mueren o se vuelven locas. O terminan en un convento.

Teresa, ¿dónde estás?

No te atrevas a volver, ahora que todo el mundo me mira con desconfianza. Todos piensan que tuve algo que ver con tu partida. El editor ha parado el manuscrito hasta que "las aguas se calmen", así me dijo mientras apuntaba tu fotografía en el periódico local, reportándote perdida. ¿Cómo has logrado aparecer en el diario, Teresita? Si lo que más deseaba tu familia era enterrarte en vida...

TERESA

Con cuidado y en silencio. En punta de pies. Los perros

me conocen y no ladrarán. Me iré por detrás, a la entrada de los criados. Si alguien me puede ayudar, es Rosaura. Siempre la nota poco inteligente. Avanzando en punta de pies. Es mi casa, la conozco bien. Esta es la ventana de Rosaura.

Le golpeo suave el vidrio. Escucho ruidos adentro. Alguien se asoma por la ventana. ¡Es Rosaura!

—¡Señora! ¡Está viva!, lo sabía, ¡vi su foto en el diario!

—Claro que estoy viva, Rosaura, pero baja la voz...

—Nos habían dicho que usted murió, sabe, hace tres años... —y se persigna.

—No, estoy más viva que nunca. Necesito pedirte un favor, no hay mucho tiempo. Ayúdame a ver a mi hija. Nada más, es lo único que te pido, luego me iré para no volver. No le diré a nadie que me ayude.

—Está bien, venga. Pero no haga ruido —dice con duda.

Rosaura abre la puerta y yo la sigo. Subimos la escalera con cuidado. El rechinar de la madera me eriza la piel.

—El Señor no está, quédese tranquila. Ha ido a Santiago, a buscarla. Él piensa que usted se arrancó para allá... —dice Rosaura.

Ahí está la puerta de mi hija. Abro despacio. Mi niña está más larga, casi ocupa toda la cama. Duerme plácida. En el velador, una foto mía, con una cinta negra. Ella también cree que he muerto. Me siento a sus pies, la observa y la escucha respirar. Suave y en compas. La piel blanquísima, perfecta, el cabello rizado, color miel. Y esas pestañas que ha sacado de su abuela. Mi nena duerme y no puedo despertarla. Le doy a beber las gotas que me daban en el convento, las que me ponían borracha y no despertaba en días... Apenas abre la boca, se traga las gotas...

VICENTE

La busqué camino de la estación. Recorrí a pie lo mismo que ella debía avanzar. Había muchas piedras filudas y ramas de árboles bloqueando la ruta. teresa. teresa. No sé ahora por qué no te acompañará. Supongo que sí soy cobarde. Algunas ramas le rasgaron el hábito, había trozos de tela colgando de ellas. Y algunas manchas rojas, cerca de allí. ¿Sangre? Prefiero pensar que no...

Cerca de la estación, encontré tu hábito, roto. ¿Te lo quitaste tú o alguien te forzó? teresa. teresa. Debí haberte acompañado...

TERESA ESCRITA

Aquella noche Rosaura me ofreció los pocos ahorros que tenía. No los acepté, pero le agradecí su buen corazón. En cambio, tomé todas mis joyas. Con el "bulto" en Santiago, tuve tiempo de sobra para tomar un baño, comer y cambiarme de ropa. Rosaura me ayudó a vendarme los tobillos y ponerme los botines. El sombrero con un velo sobre el rostro era ideal. Rosaura consiguió con su familia una carreta que me llevara a la estación de trenes. Salimos de casa al amanecer, mi niña en su antiguo cochecito, casi no cabía, durmiendo por las gotas del convento. Nadie me reconoció, ni siquiera a la luz del día. A fin de cuentas, buscaban a una loca descalza, vistiendo el hábito de monja, que antes habían dado por muerta.

Compré los boletos para abordar el tren que me llevaría al ferrocarril Longitudinal Norte, el famoso Longino; y el Longino me llevaría a Iquique. Pagué con un anillo de rubí, el boletero lo ayudó porque le pagué a él con uno de esmeraldas. Dos boletos en primera clase. El inspector me ayudó a subir el cochecito y mi baúl. Por el pasillo del vagón avancé con cuidado para que mi niña no se despierte. Fui saludando a los pasajeros con una sonrisa y un movimiento de cabeza. No había mucha gente. Cuando alguien me habló, respondió en inglés, una de mis cuatro lenguas. Creyéndome extranjero, me dejó tranquila.

No permití que mi niña despertara, cuando la veía despabilarse, le daba un par de gotas más. La gente pensó pronto que la niña estaba enferma, así es que guardaron todavía más distancia. Al llegar a Santiago cambiamos de tren. Abordamos el Longino. Los rostros eran diferentes, había muchos extranjeros de habla inglesa. Entonces yo cambié al francés, así me aseguraré un viaje discreto.

El recorrido duraba tres días. Al cabo del segundo, comenzamos a cruzar el espacio más seco y caliente que había visto en mi vida. Era el desierto de Atacama. Kilómetros y kilómetros de nada. Fue la porción más desesperante del viaje, incluso peor que la reclusión en el convento o la caminata sin zapatos hacia el tren a Buenos Aires.

Al final del tercer día llegamos a la ciudad. Era todo polvo y arena. Pero tenía una calle amplia con casas de tablón. Iquique. Sonaba melódico. Sería nuestro hogar.

Me conseguí ayuda en la estación para acarrear mi baúl, mi hija en su cochecito, ya estaba pálida y yo muy preocupada porque había dormido todo el viaje, apenas había bebido algo de leche caliente que le daba en una botella cuando no estaba ni despierta ni aturdida. El ayudante me habló de la casa de huéspedes. Dijo que era respetable, para "señoras bien, como usted" agregó. Le pedí que me llevara. La casa quedaba en la calle Balmaceda, estaba pintada de color verde claro, tenía dos pisos y un balcón. Golpeé y abrió la puerta una mujer morena, hermosa, de piel moteada. Me saludó en inglés, le respondí en alemán. Así me aseguré de mantenerla lejos de nosotras. Cuando le mostré el collar de oro blanco y diamantes, cogió el cochecito de mi hija y me guió al dormitorio al fondo de la casa. Era amplio, de ventanas altas, con cortinas de terciopelo, la madera brillante; dos habitaciones, la primera con una sala de estar, muebles tapizados en azul, una mesa réplica de Luis XVI. La segunda, dos camas, el catre de fierro forjado, las cubiertas bordadas a mano. Un pequeño lavamanos, con su jarra. Una gran ventana con vista al mar. Me senté agotada, al borde de la cama. Traté de contener una ridícula lágrima.

—¿Está bien, señora? —preguntó la mujer, en español.

—Sí, todo bien. Por favor, tráigame fruta —respondí yo, en español también, decidiendo implícitamente que aquella continuaría siendo nuestra lengua.

—¿Para la niña?

—Sí ...

—Le traeré algo de leche, también... —agregó.

Aprecié su diligencia. Cerré la puerta y me acerqué al cochecito. Mi hija respiraba largo por el efecto del láudano. La saqué del coche y la puse en la cama. Y me prepararé. Para cuando ella comenzara a despertar y viera, sentada a los pies de la cama, el fantasma de su madre muerta.

14

El divertimento de Marcelita

1er acto

Marcela tenía diecinueve años, estaba entrada en carnes, pero a ella le gustaba decir que "tenía los huesos escondidos". Cuando se reía, se le armaban dos hoyuelos en las mejillas. Sabía que era un detalle encantador, así es que se entrenaba sonriendo por horas frente al espejo. Marcelita tenía la barriga redonda como si cargara un bebé, pero en realidad nunca había menstruado. La madre ignoraba el hecho de que el cuerpo de Marcelita estaba en plena rebelión contra la naturaleza. Marcelita fingía el periodo con toallas higiénicas embarradas en mermelada de moras.

Así iba Marcelita, por la calle, con su cuerpo abultado, sus ovarios secos y su sonrisa de teleserie. Estaba decidida a encontrarse un novio que la quisiera desposar antes de los veinte. Entendía que su oferta no era atractiva, en aquel pueblo de beldades que caminaban sobre zancos plateados y vestiditos de lana. Marcelita se cruzaba con las avestruces, cual elefanta en la sabana, pisando fuerte y meneando las pompas. Marcelita se consideraba guapa en infinitas formas más intensas que la flaqueza. Y otra cosa, decía Marcelita, ella era inteligente.

De tal modo que cuando faltaba apenas un mes para que cambiara el folio de su vida, Marcelita se emperifolló para salir. Salió sola, con el permiso de su madre. No le avisó a ninguna de sus amigas, ya que todas tenían el mal gusto de mirarla de pies a cabeza cuando ella se vestía con la minifalda de cuero negro, el peto de color morado y la moña empinada en la corona de la cabeza. No, esa noche Marcelita saldría sola porque necesitaba todo el espacio, literal y figurado, para desplegar sus dotes.

El guardia del club ya la conocía. En realidad, al cabo de tanto negarle la entrada y verla entristecida esperando afuera a que sus amigas emergieran del antro cuatro horas más tarde; le había tomado lástima. Esa noche la vio diferente e incluso la consideró bella.

—Pasa...

—¿Qué? —preguntó Marcelita sorprendida.

—Que pases, pero rápido antes de que te vean...

—¡Gracias! —respondió la gorda, feliz de poder entrar.

El club no era como ella lo había imaginado, no había fuentes de agua, la música estaba muy fuerte, no volaban por el cielo trapecistas en trajes brillantes. Lo que sí había y mucho, era humo, gente sudada, mujeres con vestidos chicos, hombres con buenos brazos.

Marcelita se dio cuenta de que la miraban. Marcelita sobresalía. No hay caso. Pero en esa noche, a un mes de cumplir los veinte, a ella no le importaba.

Sus ojos dieron una vuelta más reconociendo el lugar. Hasta que encontró un objetivo, un flacucho que se apoyaba en la barra del bar, se veía tímido y un poco asustado. Marcelita pensó que sus formas contundentes atraerían al ente enjuto.

—Hola.

—Hola —respondió con la voz temblorosa el flaco.

—¿Quieres bailar?

—Ya...

Se fueron a la pista de baile cuando comenzó la salsa de Pedro Navaja. "¡Bien!", pensó Marcelita, era una de sus canciones favoritas. Había ensayado el aleteo de pestañas y el *cadereo* hasta el cansancio con la misma canción.

El joven no solo era flaco, sino más bajo que ella también. Pero Marcelita estaba complacida, la cara del joven le entraba justo en el escote.

Ella lo agarró y lo apretó contra sí. El flaco volaba. No tocaba el piso. Marcelita se las arreglaba para mover las piernas adelante y atrás, derecha, izquierda, "¡vuelta!" gritaba, fascinada con la marioneta que se agarraba a dos manos de su voluminoso trasero.

Terminó la canción y al flaco le costó trabajo desprenderse de la mujeraza.

—¿Quieres ir a otra parte?

—Bueno... —tartamudeó el flaco.

Marcelita siempre tuvo buen ojo, lo había entrenado de tanto observar a sus amigas avispas elegir jóvenes para conquistar. De todas esas tardes en que la pasaban a buscar solo para burlarse de ella, en que se iban a la plaza del pueblo a coquetear y le pedían que se sentara en la otra banca con el pretexto de que en ésa no cabían todas. Las horas de aprendizaje con sus amigas clavándole el aguijón, ahora pagaban.

Marcelita agarró al flaco del gancho. Tenía que doblarse un poco para evitar el dolor de espalda que le provocaba la diferencia de alturas. Salieron del club por la puerta principal. El guardia la miró y se cerraron el ojo en complicidad. Ella también podía levantar un galán de ocasión.

Y sabía dónde llevar a su estofado de huesos. A la vuelta del club había un motel. Lo conocía porque también allí le tocaba esperar a las avispas, que le pedían por favor que las acompañara, que les daba un poco de miedo irse a meter ahí con un recién conocido. Que si ella se sentaba afuera de la habitación, en el suelo, se sentirían más seguras. Y tenían razón, porque al saber que Marcelita estaba con la oreja pegada a la puerta, aullaban más fuerte de placer. Luego salían satisfechas y despeinadas, le agradecían y se iban a casa, caminando en silencio. Marcelita con su cuerpo de dos metros y las avispas empinadas en zapatos estilo Celia Cruz.

La luz roja del recibidor le indicó que había habitaciones disponibles. Tocó el timbre. La dueña les abrió la puerta con cara de sueño. Al ver que se trataba de Marcelita, que ella era la protagonista de una noche sórdida en vez de eterna acompañante, sonrió satisfecha.

—La pieza cuatro —indicó la mujer, entregándole un rollo de papel higiénico y una llave.

—Gracias —respondió Marcelita. El flaco, mudo.

La joven abrió la puerta y por primera vez pudo ver qué había al otro lado. No era como se lo había imaginado, no había cama con dintel ni telas color dorado colgando en el techo. Tampoco tenía espejos ni un pequeño lavatorio y jarro de porcelana. Marcelita, en cambio, observó que era una cama de fierro común, la cama no tenía frazadas, apenas una sábana que alguna vez fue blanca pero que ahora exhibía manchas dudosas y amarillentas a lo largo y ancho. El lugar olía a transpiración y pensó que aquel "nido de amor" ya había sido ocupado por otros esa noche.

Trató de concentrarse en su meta final, conseguirse un marido en menos de un mes. Casarse antes de cumplir veinte años. Porque si no era entonces, no era nunca en ese pueblo diminuto donde solo las más lindas se casaban bien. Si no lo conseguía, le tocaría irse a trabajar de ayudanta al hospital, a sacar orines y limpiar cacas de bebés prematuros.

—¿Te gusta? —preguntó Marcelita, tratando de romper el silencio.

—Está bien —dijo el flaco.

—Ven —le dijo ella, cogiéndolo de la mano y llevándolo a la cama.

El flaco se dejó llevar y al rato también se dejó hacer. Marcelita le sacó la polera negra que llevaba. Después le quitó el cinturón, comprobando que el galán le había tenido que abrir más ojales; de lo contrario el cinturón no le sujetaría nada. Y luego el pantalón de mezclilla, tan ancho que en cuanto ella le soltó el botón, el pantalón se cayó. Marcelita lo recorrió con la mirada. El rostro no era feo ni bonito, los hombros más estrechos que los de su hermano menor. Las piernas eran huesudas, se le notaban las rodillas demasiado. Y al medio de todo, se asomaba un conejo tímido que apenas levantaba la tela del calzoncillo. Marcelita no quiso perder la fe. Ya estaba en mitad del operativo de perder la virginidad y de proveerse de un marido. Así es que hizo oídos sordos a esa voz que le decía que probablemente el flaco se iba a perder adentro de ella y que terminaría en el mismo hospital de cacas y orines, solo que esta vez con una enfermera tratando de bucearle adentro para encontrarlo.

"Manos a la masa", se dijo. Decidió entonces tirarse de espaldas en la cama que comprobó casi no le quedaba buena. Agarró al flaco de un brazo y se lo tiró arriba.

—Dale. Métemelo.

—¿Ahora?

—Sí, ahora...

El flaco obedeció. Menos mal que no tenía voluntad. Encaramado arriba del Everest de Marcelita, el flaco hizo lo posible por encontrarle la abertura entre las carnes cerradas de la entrepierna. En el intertanto, el flaco se entusiasmó. El conejito se volvió liebre, pero aun así para Marcelita eso no fue más que un dedo meñique tibio y humedecido que intentaba penetrarla.

—Listo... –suspiró el flaco.

Claro, había terminado su maniobra. Y se encontraba

exhausto. Se desmontó del cuerpo redondo y trató de acomodarse en un rincón de la cama. Como no cabía, optó por atravesarse a los pies. Sacó un cigarro del bolsillo del pantalón y lo encendió.

A Marcelita le pareció que con ese gesto, todo estaba consumado.

Se sentó en la cama con dificultad, los resortes se le habían clavado un poco en la cadera. Se alegró porque en general tenía tanto relleno en la zona que no sentía nada, ni cuando se sentaba sobre las agujas de tejer que la madre siempre dejaba sobre el sofá. Se limpió con el papel higiénico y luego se vistió con gran dificultad. El cuero de la falda se le pegaba al sudor de la piel.

—Listo... —dijo ella entonces— Vámonos.

El flaco se sorprendió. Había creído que pasarían allí otro rato.

—Ah, bueno... —respondió de nuevo con la misma falta de voluntad que había mostrado durante toda la improvisada cita.

Salieron de la pieza, ella cerró con llave. Avanzaron por el pasillo, escuchando bastantes más gemidos de gozo de los que ella fue capaz de fingir.

Cerca de la puerta, en un sillón, dormía la dueña con la televisión encendida. Marcelita depositó la llave en una concha de choro que la mujer había dispuesto para tal propósito, en una mesita.

Una vez afuera, el flaco no sabía qué decir. Pero ella sí.

—Anda a verme mañana, esta es mi dirección... —dijo

Marcelita, entregándole un papel que ya tenía listo desde que había salido de su casa.

—¿A qué hora?

—A las seis de la tarde.

—Bueno... Chao.

—Chao —respondió ella y se agachó para plantarle el único beso que hubo en la jornada.

Al otro día, Marcelita estaba nerviosa pero alegre. Faltaban cinco minutos para las seis de la tarde cuando sonó el timbre de su casa. Se fue corriendo a la puerta y se encontró al flaco parado ahí, con el pelo engominado, una polera blanca y una chaqueta de cuero. Pareciera que se había esmerado en verse bien.

Marcelita lo hizo pasar, lo sentó en el sofá de la madre. El flaco se pinchó con las agujas de tejer. Marcelita las retiró y le dijo que esperara allí.

El living de la casa era modesto, había el famoso sofá, dos sillas de madera y una mesa de comedor para cuatro personas. Las paredes estaban tapizadas con imágenes de Jesús, en algunas muriendo, en otras resucitando, las menos sonriendo. Y la Virgen de Guadalupe, en la pared más grande. Junto a la televisión, que coronaba la sala, una estatuilla de la Virgen del Carmen. El tic tac del reloj de pared marcaba el paso de la respiración del joven, que de pronto se sintió inquieto.

—¡Qué!, ¡no puede ser!... ¡Yo lo mato!

Se escuchó un grito enfurecido desde la cocina. Cayeron platos al suelo, vidrios rompiéndose, se oyó lo que parecía un golpe de puño sobre un mesón.

El flaco se paró del sofá asustado y listo para salir corriendo, pero era tan débil de carácter que no pudo moverse.

Luego se oyeron murmuraciones y sollozos. Un silencio largo y pasos apresurados desde la cocina a la sala de estar.

—¡Tú eres!, ¡desgraciado!, ¡yo te mato!

Era el padre de Marcelita, enrojecido por la furia de descubrir que su hija había sido desflorada la noche anterior.

Detrás venían Marcelita y la madre.

—¡No!, ¡Antonio!, ¡no le hagas nada!... Tenemos que arreglar esto de otra forma... —respondió la madre, entre lágrimas.

—¡De qué otra manera! —volvió a gritar el padre.

Con tanto bochinche, ya las vecinas se habían agolpado en las ventanas de la casa para saber qué ocurría.

—Nos podemos casar... —dijo Marcelita en un susurro...

—¡Casarse!, ¡casarse!, ¡casarse! —entre más lo repetía el padre, más le empezó a hacer sentido.

El pueblo era pequeño, las vecinas copuchentas ya se habían enterado de todo... El honor de la hija estaba comprometido.

—¡Casarse!, eso es lo que tienen que hacer... —agregó el padre en un tono más conciliador, convencido de que era la única forma de salvar la situación.

Marcelita sonrió complacida. El flaco estaba pálido, más de lo normal y sin habla, de pie en la habitación.

—Pero... —se atrevió a decir.

—¡Tiene algún pero! —respondió el padre, acercándosele con los puños cerrados. Le ganaba por dos cabezas.

—Eh... No, solo quería decir que cuándo... –dijo el flaco, quien, al verse tan desvalido ante el hombrón que le ofrecía golpes, pensó que por último lo había pasado bien arriba de Marcelita y entre casarse con ella o morir estrangulado por el padre, lo primero era lo mejor.

El caso quedó cerrado. A las dos semanas Marcelita anunció que estaba encinta. La madre no tuvo que comprar frascos de mermelada de mora adicionales, como solía hacerlo cada mes sin saber, en realidad, por qué.

La boda se celebró en la iglesia en estricta reserva. Solo asistieron la familia de Marcelita y un par de amigos del flaco, que resultó ser un conscripto pelado que no se había podido sacar el servicio militar obligatorio aunque fuera del todo flaco e inepto para cualquier tipo de guerra. Llevaba apostado en el pueblo con su batallón por tres meses y mientras todos sus compañeros se divertían con las avispas locales, él no corría la misma suerte. Al fin y al cabo el interés que Marcelita había mostrado en él, el día en que se conocieron, le había venido como anillo al dedo, en todo sentido.

Como su familia sureña no pudo viajar todos esos kilómetros al norte del país, tuvieron que conformarse con mandarle un telegrama el día en cuestión, felicitando al flaco "y a la novia, que debe ser hermosa".

Marcelita se puso un velo blanco, aunque la madre le rogó que no lo hiciera. Pero ella quería su boda como Dios manda. Así entró en el salón vestida de limpia y casta, sonriente y feliz, satisfecha de ser la primera en casarse antes de los veinte años. Con ello, se había salvado de un destino de bacinicas malolientes y se desquitaba de todas las burlas y humillaciones que tuvo que aguantar por años, por parte de sus amigas. "Todo bien aprovechado", se dijo, sacándole brillo a la argolla de oro con su velo blanco.

2do acto

Querido diario:

Han pasado nueve meses, pero nadie tiene idea de que los rollos de más no son el bebé sino las roscas que mi mamacita me prepara los fines de semana. Me gusta estar embarazada, aunque sea de mentira, porque me sacan a pasear, me dejan comer chocolates a mi gusto y ya nadie se molesta por verme tirada en la cama o en el sofá todo el día. Las cosas van bien. Alejandro, mi esposo, es más bien tontón y callado. No hace preguntas. Le basta con consolarse encima de mí una vez por semana.

Eso es bueno para ambos, porque ahora que estoy casada, no me toca ir a trabajar al hospital. Mi mamacita siempre decía que era mi única esperanza, que con lo del cerebro bañado en azúcar que yo tenía, no podría hacer nada más... Yo siempre he tenido la nariz muy buena y no hubiera aguantado el olor a hospital. Dicen que cuando nací venía azucarada, así es que me pasé muchos meses metida dentro de una máquina que parecía un horno, con una luz brillante que casi me dejaba ciega, sin ropa y cerca de una ventana redonda por donde mi mamacita metía la mano. No es que yo sea tonta, dice mi mamacita. Es solo que soy menos inteligente. Pero con esto me basta y me sobra. Ya tengo esposo y me salvé de ir a trabajar al hospital.

Este niño ya tiene nombre, se llama René. Y la gente nos envía regalos para completar su baúl de ropa. Han llegado muchos paquetes del sur de Chile, donde vienen mantos tejidos a mano con lanas muy ásperas que huelen a ovejas.

Alejandro dice que su abuela es artesana y que ya no ve, pero que sus manos no se han olvidado de cómo tejer un chal. También llegó un vestidito rosado. La abuela además se cree psíquica y ha jurado que mi bebé imaginario será mujer.

A mí toda esta cuestión me da risa, pero para ser sincera, a veces me entra culpa. No quiero pensar en eso, ni siquiera pensar en qué haré cuando cumpla el último día de estos nueve meses en que me han tratado como reina y se enteren de que los pasteles eran solo para mí, no para el bebé. La culpa me pega más fuerte cuando mi madre se acerca y me toca la panza, pone el oído izquierdo sobre mí y trata de adivinar las primeras palabras del nene. Los vientos del brócoli ayudan a la farsa. Mi mamá se persigna cuando oye un chiflido que no es otra cosa que un gas atravesándome la tripa.

Tuve buen ojo cuando elegí a Alejandro. Yo necesitaba un hombre menso, como él. Con otro, todo esto no hubiera resultado. Aunque confieso que el matrimonio no era como me lo había imaginado...Él pasa la semana en el regimiento y llega aquí los sábados por la tarde. Se devuelve el domingo por la mañana. Me entrega todo el dinero que le pagan. Unos cuantos billetes, pero me han servido para comprarme mangos, esmalte de uñas y cremas depilatorias. Y tinte para el cabello, claro. Desde que estoy embarazada, voy de rubia.

El otro día mi madre trajo un libro de la biblioteca, era sobre el nacimiento de niños. Miré todas las fotos e incluso algo leí. En especial los capítulos sobre los dolores. Me hacía falta entender cómo debo poner la cara cuando se supone que esté pariendo. Y luego cómo se ve la pérdida, cuando les haga creer que el niño se me cayó sin que yo lo pudiera agarrar.

3er acto

Marcelita engordó hasta lograr algo único: estirar tanto la piel que era posible verle los órganos internos a través de la transparencia. Pero seguía coqueta, con los hoyuelos en las mejillas; y con el embarazo falso hasta los senos habían crecido como volcanes, el San Pedro y el San Pablo erguidos y majestuosos. Marcelita estaba feliz. El plan maestro se cumplía a cabalidad.

Sin que ella supiera, la madre había hablado con la matrona del pueblo, para que la atendiera con un precio rebajado. De las roscas que la madre horneaba cada fin de semana, la mitad iba para Marcelita y la otra para venderlas en la plaza del pueblo. Además, Alejandro debía pasar por la cocina de la casa, en cada una de sus visitas sabatinas, antes de ver a Marcelita. La madre le pedía dos tercios del dinero que el ejército le pagaba, para agregarlos al fondo común destinado a ofrecer un parto seguro a la hija. La madre se espantaba con la idea de que el bebé de Marcelita corriera la misma suerte de su hija al nacer: ser enorme, quedarse atrapado en el canal y perder el valioso oxígeno en el cerebro.

La madre tenía razón, Marcelita no era tonta, solamente lenta. Pero lo que no ostentaba de brillante, lo compensaba con ocurrencias. Y encontraba las maneras más inesperadas de salirse con la suya. Siempre había sido así, incluso cuando les convenció de no mandarla más al colegio porque quería dedicarse a limpiar niños en la pediatría del hospital.

De tal manera llegó el último día de los nueve meses de Marcelita. Ella nunca había sido organizada, pero sí se había comprado un calendario con gatitos blancos que le anunciaban el paso del tiempo. El día en cuestión Marcelita ensayó en el baño, frente al espejo, el rostro de dolor que acompañaría al parto imaginario. Primero arrugaba las cejas, después apretaba tan fuerte los ojos que la nariz se enrojecía. Después abría la boca grande y se quedaba así, aguantando la respiración hasta más no poder. Aspiraba con sonoros alaridos, al tiempo que se arqueaba, sujetándose la barriga con ambas manos. Pensó que el acto era convincente, así es que salió al *living* lista y preparada para dar a luz.

Se sentó en el sillón y comenzó su espectáculo. Pensó que era buena y que en cuanto terminara el parto falso, intentaría ser actriz. De pronto empezó a sentir un dolor tan voraz que le partía las caderas en dos. Ya no era capaz de enderezarse. Se quedó agarrada al vientre que se le ponía duro como piedra cada tres minutos. El último grito salió fuerte y terminó por llamar la atención de toda la familia, que asistió corriendo a la sala. Marcelita observó con horror cómo se había orinado sobre el sillón. Sus pantuflas de pompones fucsia arruinadas para siempre. Lloró. Por las pantuflas, claro. Ningún niño imaginario tenía el derecho de aniquilar sus posesiones. Cuando la madre la vio, se sentó a su lado, le tocó la barriga y calculó que se endurecía a cada minuto.

—¡Es tiempo! —gritó, avisándole al padre, quien sacó del clóset una maletita decorada con chimpancés de orejas grandes.

—¡Vamos, niña! —le gritó el padre a Marcelita, intentando levantar ese cuerpo crispado por las contracciones. Y gordo, tan gordo.

Afuera la madre ya les esperaba con un taxi. La metieron al asiento trasero como pudieron y ellos se acomodaron entre los tules de la falda de Marcelita.

—¿Qué es esto? —gritó Marcelita, ya asustada. El teatro le parecía demasiado real.

—¡Ya estás en parto, hija! —respondió la madre, un tanto ahogada por la falta de aire en ese pequeño espacio.

—¡No puede ser!, ¡yo no estoy embarazada!

Los padres guardaron silencio. Marcelita tendía a fantasear, y ahora el tema central de su nueva película era negar el embarazo.

En pocos minutos llegaron al hospital. En la puerta les esperaba la matrona, amiga de la madre, con una camilla.

—¿Hace cuánto empezó? —preguntó la mujer vestida de blanco.

—Hace como media hora... —respondió la madre.

—Le falta poco entonces —agregó la matrona, mirando el rostro descompuesto de Marcelita.

Y estaba en lo cierto. Marcelita fue como un submarino lanzando torpedos. Ya en la sala de partos, le picó la nariz, estornudó y el bebé salió volando como una bala encerada. Por suerte la matrona estaba atenta y lo agarró en el aire.

Era una niña. La abuela sureña tenía razón. Renata pegó un grito tan agudo que los padres de Marcelita lo escucharon afuera, en la sala de espera.

Marcelita seguía aturdida. Más aún, convencida de que aquel bulto viscoso no podía haber salido de sus entrañas.

—¿Qué es eso?

—Tu bebé, es una niña...

—¡No puede ser! ¡Es todo mentira! Yo no estoy embarazada, yo lo inventé...

—¿Qué creías, Marcela? —le preguntó la matrona con seriedad, ante la insistencia de Marcelita —¿Que podías fingir un embarazo?

—Sí —respondió Marcelita en seco, pensando que el parto, a fin de cuentas, no era como ella se lo había imaginado.

El bebé no tenía un moño rosa en el único rizo sobre la cabeza, ni vestía bombachas de algodón. Tampoco había coros angelicales acompañando la proeza.

Pensó entonces que debía idear la manera de deshacerse de Renata. Pero no todavía, se sentía agotada y quería disfrutar de los regalos que le darían.

"Ya tendré tiempo", se dijo, "ya tendré".

15

Añañuca - Chachacoma

I Añañuca

¿Cómo arrancarse la rabia ancestral, metida entre las caderas, en los millares de caminos rosáceos que me trazan?

¿Qué hacer con el cuerpo que se dobla, se levanta, se abriga, se enfría y despierta el deseo y el odio a la vez? Quizás cuál ritmo, secreto o luna rige su baile húmedo entre mis piernas.

¿Cómo arreglarse el alma que viene rota desde hace tanto tiempo? Rota de una herida silenciosa, que nunca tomó forma en la boca de nadie, que no se dijo en idioma alguno, que nació vestida de otros sonidos para acallarla, que no fue lágrima de nadie.

¿Qué hizo mi madre? ¿Quién es mi madre? Quiero y no quiero saber, como el rito atrayente de lamerse para siempre la herida del labio, que no cierra por lamerse para siempre.

Como rascarse para siempre la picada de mosquito, como ponerse limón encima y seguir rascándose con el limón marchito y negro rojo de piel herida por la comezón.

El ardor.

El alma viene rota. El alma rota surge y reclama. El alma rota golpea el abdomen, seca la sangre y los conductos. La pena estalla en el bajo vientre.

Sale también por los ojos, muy abiertos. Volverse árbol desértico. Desde el cuello a la cintura. No sentir las piernas. Todo adormilado hasta la caricia de él, ese novio de ocasión que necesito para despertar a la invitación de su baile de calor, para repeler una vez más la dominación de otros. Para hacer lo que yo quiera, no lo que ellos piden.

Buscar para despertar esa zona de mí quebrada hace tantos años que no sé cuántos. Sacar afuera más allá de la marca madre del pecho. Exhalar. Una mancha me recorre el antebrazo, sube por el hombro, baja para terminar al centro de mi pecho. Millares de planetas bailando en mí. Una tacha que nadie en mi familia, ésta de pelos claros, posee. ¿Me han quemado cuando niña? Tenían que asegurar su posesión sobre este cuerpo que toda la vida ha querido largarse... Tengo un brazo manchado, el pelo café, las mejillas negruzcas. No tengo nada de ellos. Pero ellos me tienen a mí.

Desde el ceño fruncido a las piernas adormecidas, al novio de ocasión.

A la continua sensación de evacuar.

A la continua sensación de menstruar, que no se viene.

Vengo de otros tiempos y de otros aires. Siento que me han

traído a la fuerza, a esta humedad que se me traba en la garganta. Que me inflama, pus, pestilencia. Sé que soy otra, que traigo adentro un paisaje distinto. Que tengo una marca que es de alguien que no conozco. ¿Dónde voy? ¿Dónde he estado? Llevo sobre los hombros una cabeza que piensa diferente, un peso redondo que cuestiona todo. Miro a mi alrededor y deseo lo común, lo normal, lo tranquilo, lo tibio. Pero el cuerpo revela su ansia de liberación.

¿Dónde buscar ese espacio en que soy solamente yo? Sin apellido largo, sin vestidos de terciopelo verde que tan mal conjugan con mi color de piel. ¿De dónde vengo? Terciopelo verde en el desierto de Atacama.

Sé que hay alguien que conserva los anaqueles de mi partida. Alguien que ha tomado nota de todos mis pasos perdidos. Un pequeño cuaderno celestial donde los dioses han escrito quién soy y luego han tirado a la basura. Porque el Inti me dice más que el hombre barbudo que cuelga y sangra en la iglesia. Los rayos del Inti me dicen que pertenezco a otros aires, más finos, afilados, ásperos. Porque mi piel es distinta, mis caderas también.

He perdido algo.
O alguien me ha perdido.

II Chachacoma

Doce o trece. No recuerdo. En ese tiempo me llamaban Visvira. La cabeza anclada en gruesos eslabones de trenzas.

El pelo negro y liso. Mi abuela lo tejía para darle forma,

para que las ondas me ocultaran el perfil de india, la cara de tu padre, decía.

La primera mañana del invierno, Surire le regaló un hato de hierbas, para que me remojara el cabello.

A los doce o a los trece, el pelo empezó a aclarar poco a poco. A secarse lento. A convertirse en llareta mustia.

Mi abuela contenta con las hebras de mi pelo, translúcidas, veintenas de ellas, muertas en mi cabeza en cada amanecer. No le importaba mi cabellera erizada, el aspecto de llano bravo.

De los trece a los quince, dieciséis, a conocer al alguacil de la zona.

Por el horizonte marchito del altiplano, el hombre a caballo anunciaba sus primeras y muy pronto seguidas visitas, con espirales de polvo dibujadas en el fondo azul cielo.

Mi silueta terminó por modelarse en arma prodigiosa. En domadora, en giros leves de cadera que el alguacil respondía con queso fresco, con ovillos de lana de alpaca.

"Flor de la Puna" me llamaba, ardiendo de rodillas bajo el hueco de barro que nos servía de ventana. Bastaba asomar el hombro, regalarlo a la caricia de la luna, para verlo estallar, más partido, más obediente.

No fueron tantas noches antes de que me llevara. Vino con dos carneros atados por el cuello y una llama adornada con guirnaldas de colores.

Mi abuela recibió la soga que sujetaba a los animales y soltó mi brazo sobre la mano del alguacil.

Las palabras sobraban, no se dijo nada.

Nos fuimos más arriba. La nariz raspada por el filo del viento cordillerano. Mi rostro estaba cubierto por los pétalos oscuros de la puna, una capa arenosa protegiendo la piel.

El vientre creciendo en redondo. Pero yo sola, de Visvira pasé a llamarme Chachacoma. Él había partido tres meses atrás, buscando nuevos negocios. Hace dos debía haber vuelto.

Di a luz en la espera. Era una niña, con ojos grises y el brazo izquierdo poblado de lunares, subían por el hombro, culminaban en el pecho. El firmamento confinado en el antebrazo, igual que el mío.

Otoño duro. La siembra se cerró sobre sí misma por las heladas. Mi pecho negó el alimento a la niña, que masticaba el hambre engañada por el vaho tibio del pezón.

Cuando cayó la última hoja del plantío, subió el otro alguacil y se la llevó. Envuelta en mantos, sobre otra espalda, la vi alejarse.

"En la ciudad tendrá comida", dijo. "Quédate tranquila. Va a estar bien. Volverá en la primavera".

Me quedé mirando la sierra, la promesa sin cumplir de la fruta envuelta en la semilla, el estrecho camino hacia Uyuni que al atardecer emergía con claridad.

El sendero que mi marido tomó, hacia el otro lado de la cordillera.

Quise ver la forma diminuta de él, en aquel sendero rodeado de peñascos, el trote corto, el morral cruzado al pecho, de regreso junto a su mujer y su hija.

Lo imaginé durante tardes hasta que mis ojos ya no distinguieron roca de macho cabrío.

En cuestión de minutos, horas, a los veinte años o a los cuarenta, me trajeron aquí.

Esta vez sin dote, sin capullos de chachacoma, sola en la parte trasera de la carreta de quienes compraron la última cosecha que mi tierra quiso ofrecer y a quienes firmé papeles que me impidieron retornar.

Llegué a este botadero de cuerpos crispados, sonrisas ladeadas que ocultan la falta de dientes. De dolores, sarpullidos y olor avinagrado de arrugas.

Aquí supe que mi hija estaba viva, por la marca de nacimiento única en el brazo. Vino a despedirse del hombre más viejo que moría del hígado.

Él había servido a una familia antigua, que, cuando supo de la enfermedad, dispuso abandonarlo en este retiro.

Esa noche, algunas personas de la casa, sirvientes y patrones, vinieron a despedirse.

Entonces la vi ingresar, erguida y flotante vistiendo faldas multicolores. Ella se acercó lento a la cama del moribundo.

Le tomó la mano y comenzó a cantarle bajo, en idiomas extraños para mí. No se quedó mucho tiempo, tal vez unos minutos.

Me la topé en la puerta de la habitación, donde la había esperado. Le hablé. Ella sonrió y se encogió de hombros. No entendía nada.

Entonces recordé que no tuve tiempo, cuando ella era niña, de enseñarle mi habla.

En todas las noches en que dibujé estrellas en el cielo de mi vacío, no pensé que volvería a verla. Sin embargo allí, en ese lugar plagado de acidez, me había topado con mi hija.

El artificio todavía dolía en las entrañas. Iba a regresar en primavera, pero no volvió. Vi florecer cada espino y marchitarse cada flor de tamarugo sin que ella viniera.

Entonces comencé a marchitarme yo.

El otro alguacil no cumplió su palabra. Se la había llevado para siempre. Y yo, atada al suelo áspero del altiplano, no abandoné esa huerta que se moría lenta y silenciosa.

En este lugar de orines, de viejos enfermos, lenguas trabadas, la he vuelto a encontrar. Desde esa primera noche que la vi, ella vuelve cada día a visitar al hombre que se muere.

Me preparo, me envuelvo en trapos, me peino el cabello maltratado por los herbajes de juventud.

Mi hija, con su melena hirsuta, aparece. Avanza como si no tuviera pies, parece que vuela. Las faldas brillan, nosotros oscurecemos.

Esta vez me le planto al frente. No se irá sin escuchar su historia. Ella me mira, esas pupilas que miran desde tiempos infinitos.

"Soy tu madre", le digo.

Otra vez me ignora.

La persigo. Me voy detrás, sigilosa, como lagartijas entrando en la guarida. "Soy yo", le repito, mientras le cojo el brazo.

Se da vuelta molesta, abriga rabias terrenales que no tenía allá arriba en el aire simple del altiplano.

No tengo más remedio que mostrarle mi antebrazo. Ella las descubre, las manchas. Del mismo tipo, color y tamaño. Marcadas ambas, portando el cosmos en el ser.

Las marcas que mi abuela quería eliminar, que pensó le

habían restado una cabeza de ganado al intercambio con el alguacil.

Esas manchas son el mapa de respuestas a preguntas enunciadas en otros tiempos y otras alturas.

Mi hija se mira el brazo. Toca mis motas como tratando de leerlas. O conjurarlas. Se rasca el brazo como queriendo sangrar.

Se aleja, la veo irse una vez más. Entiendo que nuestra unión es prohibida. Que el Inti ha escrito otros capítulos para ambas. Entonces lloro.

Pero ella se detiene a mitad de la huida. Se da vuelta, lagrimea. Avanza hacia mí. Toma mi brazo, compara nuestras marcas. Son idénticas. Se queda inmóvil por segundos que duran siglos.

Luego apunta un par de sillas en el patio del hospicio. Quiere que hablemos.

Demasiadas palabras por hilvanar, todavía. Y cosechas que recoger. Y semillas que plantar. Vacíos que llenar. Pero ahora tenemos tiempo. Ella ha comprendido.

"Añañuca". La llamó por vez primera.

Me mira sonriendo, sus ojos brillan. Lo intenta, pero no puede repetir su nombre.

Sobre la autora

Andrea Amosson (Chile, 1973) es una periodista y autora chilena que vive en Texas, EE.UU., con su esposo y dos hijos.

Es autora de cuatro novelas de ficción histórica: Las Lunas de Atacama (Ediciones del Desierto), Las Mujeres de la Guerra, La Maestra Bernarda y La Pasión de las Mujeres Milet (Penguin Random House); una novela de ficción contemporánea -Rictus- y dos colecciones de relatos -Cuentos encaderados y Érase una vez Laurides. Este último traducido al inglés y publicado por Nowadays Orange Production y versión bilingüe por Floricanto Press.

Sus textos han sido publicados en Chile, España, Perú, Colombia y los EE.UU.

Bravía es una selección de relatos provenientes de sus dos colecciones y de cuentos galardonados en diversos certámenes literarios.

Andrea Amosson ha ganado dos veces la Medalla de Oro en los International Latino Book Awards, en la categoría Rudy Anaya Best Latino Fiction Book, en 2017 y 2022, por sus novelas Las Lunas de Atacama y La Maestra Bernarda.

Andrea Amosson enseña escritura creativa en español desde 2013 en el área de Dallas, Texas.

www.ingramcontent.com/pod-product-compliance
Lightning Source LLC
Chambersburg PA
CBHW040149160726
48006CB00014B/1679